生活明朗
万物可爱

季羡林——著

江苏凤凰文艺出版社

图书在版编目（CIP）数据

生活明朗　万物可爱 / 季羡林著. -- 南京：江苏凤凰文艺出版社, 2019.10（2022.9重印）
ISBN 978-7-5594-3669-6

Ⅰ.①生… Ⅱ.①季… Ⅲ.①散文集 - 中国 - 当代
Ⅳ.①I267

中国版本图书馆CIP数据核字（2019）第075095号

生活明朗　万物可爱

季羡林　著

责任编辑	唐　婧
特约编辑	颜若寒
装帧设计	程　语
出版发行	江苏凤凰文艺出版社
	南京市中央路165号，邮编：210009
网　　址	http://www.jswenyi.com
印　　刷	唐山富达印务有限公司
开　　本	880毫米×1230毫米　1/32
印　　张	7
字　　数	165千字
版　　次	2019年10月第1版
印　　次	2022年9月第17次印刷
书　　号	ISBN 978-7-5594-3669-6
定　　价	45.00元

江苏凤凰文艺版图书凡印刷、装订错误，可向出版社调换，联系电话025-83280257

目录

第一章　往日时光难忘

这些芝麻绿豆般的小事是不折不扣的身边琐事，使我终生受用不尽。它有时候能激励我前进，有时候能鼓舞我振作。

我的童年　|　眼前没有红，没有绿，是一片灰黄　002

我的家　|　人间毕竟是温暖的，生活毕竟是"美丽的"　013

怀念母亲　|　我有时简直想得不能忍耐　018

寻梦　|　连一个清清楚楚的梦都不给我吗　022

寸草心　|　在这漫长的生命中，亲属先我而去的，人数颇多　025

儿时的事　|　一场春梦终成空，我们家又成了破落户　035

母与子　|　这漫漫的长夜什么时候才能过去呢　039

难忘的一家人　|　人世间绝不会永远风平浪静　051

● **第二章　寻常岁月温暖**

北京已经变化了，正在变化着，而且还将继续变化下去。我以垂暮之年，能生活在这个城市里，真是莫大的幸福。

清塘荷韵　｜　难道我这个人将以荷而传吗　058
燕园盛夏　｜　最热的还不是自然界的这些，而是青年人的心　064
我爱北京　｜　北京不仅是中国人民的北京，而且是世界的北京　068
我爱北京的小胡同　｜　外面十分平凡，里面十分神奇　073
北京忆旧　｜　早生有早生的好处，但也有早生的包袱　076
我和北大　｜　我走过的并不是一条阳关大道　080
清华颂　｜　每次回到清华园，就像回到母亲的身边　084
清华梦忆　｜　人有人格，国有国格，校也有校格　086
芝兰之室　｜　我觉得，绿色是生命的颜色　090

第三章　同行师友知心

我觉得，一个作家最重要的品德是爱祖国、爱人民、爱人类。在这"三爱"的基础上，那些皇皇巨著才能有益于人，无愧于己。

怀念乔木　|　在人世间，后死者的处境是并不美妙的　094

悼念沈从文先生　|　一生安贫乐道，淡泊宁静　103

回忆梁实秋先生　|　知人论事，要抱实事求是的态度　109

他实现了生命的价值　|　在千辛万苦之后，毕竟找到了真理　113

我的朋友臧克家　|　像火一样热情的诗人　120

我记忆中的老舍先生　|　有人戏称他为北京土地爷　123

我和济南　|　一个言行一致、极富有民族气节的人　129

悼巴老　|　一个作家最重要的品德是爱祖国、爱人民、爱人类　132

悼念曹老　|　同他交往，如坐春风化雨之中　133

记张岱年先生　|　是仁者，也是寿者　137

● 第四章　宇宙山河浪漫

我于此时此地极目楚天，心旷神怡，仿佛能与天地共长久，与宇宙共呼吸。不由得心潮澎湃，浮想不已。我想到自己的祖国，想到自己的民族。我们的祖先在这里勤奋劳动，繁衍生息，如今创造了这样的锦绣山河万里。

石林颂　|　它是祖国的胜迹，大自然的杰作，宇宙的奇观　140

星光的海洋　|　回首前尘，唯余感慨；瞻望未来，意气风发　145

德里风光　|　离开了人的名胜古迹，即使再美，也是没有生命的　150

火车上观日出　|　我暂时离开了尘世，甚至离开了我自己　154

登蓬莱阁　|　八仙的传说，渺矣，茫矣　158

游石钟山记　|　我真有点儿手舞足蹈，不知老之将至了　164

登黄山记　|　黄山的名胜真如五光十色，扑朔迷离　167

火焰山下　|　整个天地，整个宇宙仿佛都在燃烧　188

西樵山　|　可惜世间的快乐都是短暂的　194

在敦煌　|　我的心蓦地静了下来，仿佛宇宙间只有我一个人　198

第一章

往日时光难忘

这些芝麻绿豆般的小事
是不折不扣的身边琐事,
使我终生受用不尽。
它有时候能激励我前进,
有时候能鼓舞我振作。

我的童年[1]

回忆起自己的童年来,眼前没有红,没有绿,是一片灰黄。

七十多年前的中国,刚刚推翻了清代的统治,神州大地,一片混乱,一片黑暗。我最早的关于政治的回忆,就是朝廷二字。当时的乡下人管当皇帝叫坐朝廷,于是朝廷二字就成了皇帝的别名。我总以为朝廷这种东西似乎不是人,而是有极大权力的玩意儿。乡下人一提到它,好像都肃然起敬。我当然更是如此。总之,当时皇威犹在,旧习未除,是大清帝国的继续,毫无万象更新之象。

我就是在这新旧交替的时刻,于1911年8月6日生于山东省清平县(现为临清市)的一个小村庄——官庄。当时全中国的经济形势是南方富,而山东(也包括北方其他省份)穷。专就山东论,是东部富西部穷。我们县在山东西部又是最穷的县,我们村在穷县中是最穷的村,而我们家在全村中又是最穷的家。

---

[1] 本文入选人教版(新课程标准)初中语文八年级上册教材。

我们家据说并不是一向如此。在我诞生前，似乎也曾有过比较好的日子。可是我降生时，祖父、祖母都已去世。我父亲的亲兄弟共有三人，最小的一个（大排行是第十一，我们把他叫十一叔）送给了别人，改了姓。我父亲同另外的一个弟弟（九叔）孤苦伶仃，相依为命。房无一间，地无一垄，两个无父无母的孤儿，活下去是什么滋味，活着是多么困难，概可想到。他们的堂伯父是一个举人，是方圆几十里最有学问的人物，做官做到一个什么县的教谕，也算是最大的官。他曾养育过我父亲和叔父，据说待他们很不错。可是家庭大，人多是非多。他们俩有几次饿得到枣林里去捡落到地上的干枣充饥。最后还是被迫弃家（其实已经没了家）出走，兄弟俩逃到济南去谋生。"文化大革命"中，我自己跳出来反对那一位臭名昭著的第一张马列主义大字报的作者，惹得她大发雌威，两次派人到我老家官庄去调查，一心一意要把我打成地主。老家的人告诉那几个"革命小将"，说如果开诉苦大会，季羡林是官庄的第一名诉苦者，他连贫农都不够。

我父亲和叔父到了济南以后，人地生疏，拉过洋车，扛过大件，当过警察，卖过苦力。叔父最终站住了脚。于是兄弟俩一商量，让我父亲回老家，他一个人留在济南挣钱，寄钱回家，供我的父亲过日子。

我出生以后，家境仍然是异常艰苦。一年吃白面的次数有限，平常只能吃红高粱面饼；没有钱买盐，就把盐碱地上的土扫起来，在锅里煮水，腌咸菜；什么香油，根本见不到。一年到头，就吃这种咸菜。举人的太太，我管她叫奶奶，她很喜欢我。我三四岁的时候，每天一睁眼，抬腿就往村里跑（我们家在村外）。跑到奶奶跟前，只见她把手一卷，卷到肥大的袖子里面，手再伸出来的时候，就会有半个白面馒头拿在手中，递给我。我吃起来，仿佛是龙胆凤髓一般，我不知道天下还有比白面馒头更好吃的东西。这白面馒头是她的两个儿子（每家有几十亩地）特别孝敬她的。她喜欢我这个孙子，每天总省下半个，留给我吃。在长达几年的时间内，这是我每天最高的享受，最大的愉快。

大概到了四五岁的时候，对门住的宁大婶和宁大姑，每到夏秋收割庄稼的时候，总带我走出去老远，到别人割过的地里去拾麦子或者豆子、谷子。一天辛勤之余，可以捡到一小篮麦穗或者谷穗。晚上回家，把篮子递给母亲，看样子她是非常喜欢的。有一年夏天，大概我拾的麦子比较多，她把麦粒磨成面粉，贴了一锅面饼子。我大概是吃出味道来了，吃完了饭以后，我又偷了一块吃，让母亲看到了，赶着要打我。我当时是赤条条，浑身一丝不挂，我逃到房后，往水坑里一跳。母亲没有法子下来捉我，我就站在水中把剩下的白面饼子尽情地享受了。

现在写这些事情还有什么意义呢？这些芝麻绿豆般的小事是

不折不扣的身边琐事，使我终生受用不尽。它有时候能激励我前进，有时候能鼓舞我振作。我一直到今天，对日常生活要求也不高，对吃喝从不计较，难道同我小时候的这些经历没有关系吗？我看到一些独生子女的父母那样溺爱子女，也颇不以为然。儿童是祖国的花朵，花朵当然要爱护；但爱护要得法，否则无疑是坑害子女。

不记得是从什么时候起，我开始学着认字，大概也总在四岁到六岁之间。我的老师是马景功先生。现在我无论如何也记不起有什么类似私塾之类的场所，也记不起有什么《百家姓》《千字文》之类的书籍。我那一个家徒四壁的家就没有一本书，连带字的什么纸条子也没有见过。反正我总是认了几个字，否则哪里来的老师呢？马景功先生的存在是不能怀疑的。

虽然没有私塾，但是小伙伴是有的。我记得最清楚的有两个：一个叫杨狗，我前几年回家，才知道他的大名，他现在还活着，一字不识；另一个叫哑巴小（意思是哑巴的儿子），我到现在也没有弄清楚他姓甚名谁。我们三个天天在一起玩，洑水、打枣、捉知了、摸虾……不见不散，一天也不间断。后来听说哑巴小当了山大王，练就了一身蹿房越脊的惊人本领，能用手指抓住大庙的椽子，浑身悬空，围绕大殿走一周。有一次被捉住，是十冬腊月，赤身露体，浇上凉水，被捆起来，倒挂一夜，仍然能活着。据说他从来不到官庄来作案——兔子不吃窝边草，这是绿林英雄的义气。后来终于被捉杀掉。我每次想到这样一个光着屁股游玩的小伙伴，竟成为这样一个英雄，就颇有骄傲之意。

在故乡只待了六年，我能回忆起来的事情还多得很，但是我不想再写下去了，已经到了同我那个一片灰黄的故乡告别的时候了。

我六岁那一年，是在春节前夕，公历可能已经是1917年，我离开父母，离开故乡，是叔父把我接到济南去的。叔父此时大概日子已经可以了，他兄弟俩只有我一个男孩子，想把我培养成人，将来能光大门楣，只有到济南去一条路。这可以说是我一生中最关键的一个转折点，否则我今天仍然会在故乡种地（如果我能活着的话），这当然算是一件好事。但是好事也会有成为坏事的时候。"文化大革命"中间，我曾有几次想道：如果我叔父不把我从故乡接到济南的话，我总能过一个浑浑噩噩但却舒舒服服的日子，哪能被"革命家"打倒在地，身上踏上一千只脚还要永世不得翻身呢？呜呼，世事多变，人生易老，真叫作没有法子！

到了济南以后，过了一段难过的日子。一个六七岁的孩子离开母亲，他心里会是什么滋味，非有亲身经历者，实难体会。我曾有几次从梦里哭着醒来。尽管此时不但能吃上白面馒头，而且还能吃上肉；但是我宁愿再啃红高粱饼子就苦咸菜。这种愿望当然只是一个幻想。我毫无办法，久而久之，也就习以为常了。

叔父望子成龙，对我的教育十分关心。先安排我在一个私塾里学习。老师是一个白胡子老头儿，面色严峻，令人见而生畏。每天入学，先向孔子牌位行礼，然后才是赵钱孙李。接着，叔父又把我送到一师附小去念书。这个地方在旧城墙里面，街名叫升官街，看上去很堂皇，实际上"官者，棺也"，整条街都是做棺材的。此时五四运动大概已经起来了。校长是一师校长兼任，他是山东得风气之先的人物，在一个小学生眼里，他是一个大人物，轻易见不到面。想不到在十几年以后，我大学毕业到济南高中去教书的时候，我们俩竟成了同事，他是历史教员。我执弟子礼甚恭，他则再三逊谢。我当时觉得，人生真是变幻莫测啊！因为校长是维新人物，我们的国文教材就改用了白话。教科书里面有一篇课文，叫作《阿拉伯的骆驼》。故事是大家熟知的，但当时对我却是陌生而又新鲜，我读起来感到非常有趣味，简直是爱不释手。然而这篇文章却惹了祸。有一天，叔父翻看我的课本，我只看到他蓦地勃然变色。骆驼怎么能说人话呢？他愤愤然了。这个学校不能念下去了，要转学！

于是我转了学。转学手续比现在要简单得多，只经过一次口试就行了。而且口试也非常简单，只出了几个字叫我们认。我记得字中间有一个"骡"字。我认出来了，于是定为高一。一个比我大两岁的亲戚没有认出来，于是定为初三。为了一个字，我占了一年的便宜，这也算是轶事吧。

这个学校靠近南圩子墙，校园很空阔，树木很多。花草茂密，景色算是秀丽的。在用木架子支撑起来的一座柴门上面，悬着一块木匾，上面刻着四个大字：循规蹈矩。我当时并不懂这四个字的含义，只觉得笔画多得好玩而已。我就天天从这个木匾下出出进进，上学，游戏。当时立匾者的用心，到了后来我才了解，无非是想让小学生规规矩矩做好孩子而已。但是用了四个古怪的字，小孩子谁也不懂，结果形同虚设，多此一举。

我循规蹈矩了没有呢？大概是没有。我们有一个珠算教员，眼睛长得凸了出来，我们给他起了一个绰号，叫作 Shao-qianr（济南话，意思是知了）。他对待学生特别蛮横。打算盘，错一个数，打一板子。打算盘错上十个八个数，甚至上百数，是很难避免的。我们都挨了不少的板子。不知是谁一嘀咕：我们架（小学生的行话，意思是赶走）他！立刻得到大家的同意。我们这一群十岁左右的小孩子也要造反了。大家商定：他上课时，我们把教桌弄翻，然后一起离开教室，躲在假山背后。我们自己认为这个锦囊妙计实在非常高明；如果成功了，这位教员将无颜见人，非卷铺盖回家不可。然而我们班上出了叛徒，虽然只有几个人，他们想拍老师的马屁，没有离开教室。这一来，大大长了老师的气焰，他知道自己还有群众，于是威风大振，把我们这一群不知天高地厚的叛逆者，狠狠地用大竹板把手心打了一阵。我们每个人的手都肿得像发面馒头，然而没有一个人掉泪。我以后每次想到这一件事，就觉得完全可以写进我的优胜计略中去。

谈到学习,我记得在三年之内,我曾考过两个甲等第三(只有三名甲等),两个乙等第一,总起来看,属于上等;但是并不拔尖。实际上,我当时并不用功,玩的时候多,念书的时候少。我们班上考甲等第一的叫李玉和,年年都是第一。他比我大五六岁,好像已经很成熟了,死记硬背,刻苦努力,天天皱着眉头,不见笑容,也不同我们打闹。我从来就是少无大志,一点儿也不想争那个状元。所以我对我这一位老学长并无敬意,还有点儿瞧不起的意思,觉得他是非我族类。

我虽然对正课不感兴趣,但是也有我非常感兴趣的东西,那就是看小说。我叔父是古板人,把小说叫作闲书,闲书是不许我看的。在家里的时候,我书桌下面有一个盛白面的大缸,上面盖着一个用高粱秆编成的盖垫(济南话)。我坐在桌旁,桌上摆着《四书》,我看的却是《彭公案》《济公传》《西游记》《三国演义》等旧小说。《红楼梦》大概太深,我看不懂其中的奥妙,黛玉整天价哭哭啼啼,为我所不喜,因此看不下去。其余的书都是看得津津有味。冷不防叔父走了进来,我就连忙掀起盖垫,把闲书往里一丢,嘴巴里念起"子曰、诗云"来。

到了学校里,用不着防备什么,一放学,就是我的天下。我往往躲到假山的背后,或者一个盖房子的工地上,拿出闲书,狼吞虎咽似的大看起来。常常是忘记了时间，忘记了吃饭，有时候到了天黑，才摸回家去。我对小说中的绿林好汉非常熟悉，他们的姓名背得滚瓜烂熟，连他们用的兵器也如数家珍，比教科书熟悉多了。自己当然也希望成为那样的英雄。有一回，一个小朋友告诉我，把右手五个指头往大米缸里猛戳，一而再，再而三，一直戳到几百次，上千次。练上一段时间以后，再换上砂粒，用手猛戳，最终可以练成铁砂掌，五指一戳，能够戳断树木。我颇想有一个铁砂掌，信以为真，猛练起来，结果把指头戳破了，鲜血直流。知道自己与铁砂掌无缘，遂停止不练。

学习英文，也是从这个小学开始的。当时对我来说，外语是一种非常神奇的东西。我认为，方块字是天经地义，不用方块字，只弯弯曲曲像蚯蚓爬过的痕迹一样，居然能发出音来，还能有意思，简直是不可思议。越是神秘的东西，便越有吸引力。英文对我就有极大的吸引力。我万万没有想到，望之如海市蜃楼般的可望而不可即的东西竟然唾手可得了。我现在已经记不清楚，学习的机会是怎么来的。大概是有一位教员会一点儿英文，他答应晚上教一点儿，可能还要收点儿学费。总之，一个业余英文学习班很快就组成了，参加的大概有十几个孩子，究竟学了多久，我已经记不清楚，时候好像不太长，学的东西也不太多，26个字母以后，学了一些单词。我当时有一个非常伤脑筋的问题：为什么"是、和、有"算是动词，它们一点儿也不动嘛。当时老师答不上来；到了中学，英文老师也答不上来。当年用动词来译英文 verb 的人，大概不会想到他这个译名惹下的祸根吧。

每次回忆学习英文的情景时，我眼前总有一团零乱的花影，是绛紫色的芍药花。原来在校长办公室前的院子里有几个花畦，春天一到，芍药盛开，都是绛紫色的花朵。白天走过那里，紫花绿叶，极为分明。到了晚上，英文课结束后，再走过那个院子，紫花与绿花化成一个颜色，朦朦胧胧的一堆一团，因为有白天的印象，所以还知道它们的颜色。但夜晚的眼前，却只能看到花影，鼻子似乎有点儿花香而已。这一幅情景伴随了我一生，只要是一想起学习英文，这一幅美妙无比的情景就浮现到眼前来，带给我无量的幸福与快乐。

然而时光像流水一般飞逝，转瞬三年已过：我小学该毕业了，我要告别这一个美丽的校园了。我13岁那一年，考上了城里的正谊中学。我本来是想考鼎鼎大名的第一中学的，但是我左衡量，右衡量，总觉得自己这一块料分量不够，还是考与烂育英齐名的破正谊吧。我上面说到我幼无大志，这又是一个证明。正谊虽破，风景却美：背靠大明湖，万顷苇绿，十里荷香，不啻人间乐园。然而到了这里，我算是已经越过了童年，不管正谊的学习生活多么美妙，我也只好搁笔，且听下回分解了。

综观我的童年，从一片灰黄开始，到了正谊算是到达了一片浓绿的境界，我进步了。但这只是从表面上来看，如果从生活的内容上来看，依然是一片灰黄。即使到了济南，我的生活也难找出什么有声有色的东西。我从来没有什么玩具，自己把细铁条弄成一个圈，再弄个钩一推，就能跑起来，自己就非常高兴了。贫困、单调、死板、固执，是我当时生活的写照。接受外面信息，仅凭五官。什么电视机、收录机，连影儿都没有。我小时连电影也没有看过，其余概可想象了。

今天的儿童有福了，他们有多少花样翻新的玩具呀！他们有多少儿童乐园、儿童活动中心呀！他们饿了吃面包，渴了喝这可乐，那可乐，还有牛奶、冰激凌；电影看厌了，看电视；广播听厌了，听收录机。信息从天空、海外，越过高山大川，纷纷蜂拥而来。他们才真是儿童不出门，便知天下事。可是他们偏偏不知道旧社会。就拿我来说，如果不认真回忆，我对旧社会的情景也逐渐淡漠，有时竟淡如云烟了。

今天我把自己的童年尽可能真实地描绘出来，不管还多么不全面，不管怎样挂一漏万，也不管我的笔墨多么拙笨，就是上面写出来的那一些，我们今天的儿童读了，不是也可以从中得到一点儿启发，从中悟出一些有用的东西来吗？

1986年6月6日

我的家

我曾经有过一个温馨的家。那时候,老祖和德华都还活着,她们从济南迁来北京,我们住在一起。

老祖是我的婶母,全家都尊敬她,尊称之为老祖。她出身中医世家,人极聪明,很有心计。从小学会了一套治病的手段。有家传治白喉的秘方,治疗这种十分危险的病,十拿十稳,手到病除。因自幼丧母,没人替她操心,耽误了出嫁的黄金时刻,成了一位山东话称之为"老姑娘"的人。年近四十,才嫁给了我叔父,作续弦的妻子。她心灵中经受的痛苦之剧烈,概可想见。然而她是一个十分坚强的人,从来没有对人流露过,实际上,作为一个丧母的孤儿,又能对谁流露呢?

德华是我的老伴,是奉父母之命,通过媒妁之言同我结婚的。她只有小学水平,认了一些字,也早已还给老师了。她是一个真正善良的人,一生没有跟任何人闹过对立,发过脾气。她也是自幼丧母的。在她那堂姊妹兄弟众多的、生计十分困难的大家庭里,终日愁米愁面,当然也受过不少的苦,没有母亲这一把保护伞,有苦无处诉,她的青年时代是在愁苦中度过的。

至于我自己,我虽然不是自幼丧母,但是,六岁就离开了母亲,没有母爱的滋味,我尝得透而又透。我大学还没有毕业,母亲就永远离开了我,这使我抱恨终天,成为我的"永久的悔"。我的脾气,不能说是暴躁,而是急躁。想到干什么,必须立刻干成,否则就坐卧不安。我还不能说自己是个坏人,因为,除了为自己考虑外,我还能为别人考虑。我坚决反对曹操的"宁教我负天下人,休叫天下人负我。"

就是这样三个人组成了一个家庭。

为什么说是一个温馨的家呢?首先是因为我们家六十年来没有吵过一次架,甚至没有红过一次脸。我想,这即使不能算是绝无仅有,也是极为难能可贵的。把这样一个家庭称之为温馨不正是恰如其分吗?其中也不是没有原因的。

我们全家都尊敬老祖,她是我们家的功臣。正当我们家经济濒于破产的时候,从天上掉下一个馅儿饼来:我获得一个到德国去留学的机会。我并没有什么凌云的壮志,只不过是想苦熬两年,镀上一层金,回国来好抢得一只好饭碗,如此而已。焉知两年一变而成了十一年。如果不是老祖苦苦挣扎,摆过小摊,卖过破烂,勉强让一老,我的叔父;二中,老祖和德华;二小,我的女儿和儿子,能够有一口饭吃，度过灾难，否则，我们家早已家破人亡了。这样一位大大的功臣，我们焉能不尊敬呢？

如果真有"毫不利己，专门利人"的人的话，那就是老祖和德华。她们忙忙叨叨买菜、做饭，等到饭一做好，她俩却坐在旁边看着我们狼吞虎咽，自己只吃残羹剩饭。这逼得我不由不从内心深处尊敬她们。

我们曾经雇过一个从安徽来的年轻女孩子当小时工，她姓杨，我们都管她叫小杨，是一个十分温顺、诚实、少言寡语的女孩子。每天在我们家干两小时的活。天天忙得没有空闲时间。我们家的两个女主人经常在午饭的时候送给小杨一个热馒头，夹上肉菜，让她吃了当午饭，立即到别的家去干活。有一次，小杨背上长了一个疮，老祖是医生，懂得其中的道理。据她说，疮长在背上，如凸了出来，这是良性的，无大妨碍。如果凹了进去，则是民间所谓的大背疮，古书上称之为疽，是能要人命的。当年范增"疽发背死"，就是这种疮。小杨患的也恰恰是这种疮。于是，小杨每天到我们家来，不是干活，而是治病，主治大夫就是老祖，德华成了助手。天天挤脓、上药，忙完整整两小时，小杨再到别的家去干活。最后，奇迹出现了，过了几个月，小杨的疽完全好了。老祖始终没有告诉她这种疮的危险性。小杨离开北京回到安徽老家以后，还经常给我们来信，可见我们家这两位女主人之恩，使她毕生难忘了。

我们的家庭成员，除了"万物之灵"的人以外，还有几个并非万物之灵的猫。我们养的第一只猫，名叫虎子，脾气真像是老虎，极为暴烈。但是，对我们三个人却十分温顺，晚上经常睡在我的被子上。晚上，我一上床躺下，虎子就和另外一只名叫咪咪的猫，连忙跳上床来，争夺我脚头上那一块地盘，沉沉地压在那里。如果我半夜里醒来，觉得脚头上轻轻的，我知道，两只猫都没有来，这时我往往难再入睡。在白天，我出去散步，两只猫就跟在我后面，我上山，它们也上山；我下来，它们也跟着下来。这成为燕园中一条著名的风景线，名传遐迩。

这难道不是一个温馨的家庭吗？

然而，光阴如电光石火，转瞬即逝。到了今天，人猫俱亡，我们的家庭只剩下了我一个人，形单影只，过了一段寂寞凄苦的生活。

然而，天无绝人之路。隔了不久，我的同事，我的朋友，我的学生，了解到我的情况之后，立刻伸出了爱援之手，使我又萌生了活下去的勇气。其中有一位天天到我家来"打工"，为我操吃操穿，读信念报，招待来宾，处理杂务，不是亲属，胜似亲属。让我深深感觉到，人间毕竟是温暖的，生活毕竟是"美丽的"（我讨厌这个词儿，姑且用之）。如果没有这些友爱和帮助，我恐怕早已登上了八宝山，与人世"拜拜"了。

那些非万物之灵的家庭成员如今数目也增多了。我现在有四只纯种的，从家乡带来的波斯猫，活泼、顽皮，经常挤入我的怀中，爬上我的脖子。其中一只，尊号毛毛四世的小猫，正在爬上我的脖子，被一位摄影家在不到半秒钟的时间内抢拍了一个镜头，赫然登在《人民日报》上，受到了许多人的赞扬，成为蜚声猫坛的一只世界名猫。

眼前，虽然我们家只剩下我一个孤家寡人，你难道能说这不是一个温馨的家吗？

2000年11月5日

怀念母亲[1]

我一生有两个母亲:一个是生我的那个母亲;一个是我的祖国母亲。

我对这两个母亲怀着同样崇高的敬意和同样真挚的爱慕。

我六岁离开我的生母,到城里去住。中间曾回故乡两次,都是奔丧,只在母亲身边待了几天,仍然回到城里。最后一别八年,在我读大学二年级的时候,母亲弃养,只活了四十多岁。我痛哭了几年,食不下咽,寝不安席。我真想随母亲于地下。我的愿望没能实现。从此,我就成了没有母亲的孤儿,一个缺少母爱的孩子,是灵魂不全的人。我怀着不全的灵魂,抱终天之恨。一想到母亲,就泪流不止,数十年如一日。如今到了德国,来到格丁根这一座孤寂的小城,不知道是为什么,母亲频来入梦。

我的祖国母亲,我这是第一次离开她。离开的时间只有短短几

---

[1] 本文入选人教版(新课程标准)小学语文六年级上册教材。

个月,不知道是为什么,我这个母亲也频来入梦。

为了保存当时真实的感情,避免用今天的情感篡改当时的感情,我现在不加叙述,不做描绘,只从初到格丁根的日记中摘抄几段:

1935 年 11 月 16 日

不久,外面就黑起来了。我觉得这黄昏的时候最有意思。我不开灯,只沉默地站在窗前,看暗夜渐渐织上天空,织上对面的屋顶。一切都沉在朦胧的薄暗中。我的心往往在沉静到不能再沉静的氛围里,活动起来。这活动是轻微的,我简直不知道有这样的活动。我想到故乡,想到故乡里的老朋友,心里有点儿酸酸的,有点儿凄凉。然而这凄凉并不同普通的凄凉一样,是甜蜜的,浓浓的,有说不出的味道,浓浓地糊在心头。

1935 年 11 月 18 日

从好几天以前,房东太太就对我说,她的儿子今天回来,从学校回家来,她高兴得不得了……但儿子就是不回来,她的神色有点儿沮丧。她又说,晚上还有一趟车,说不定他会回来的。我看了她的神气,想到自己的在故乡地下卧着的母亲,真想哭!我现在才知道,古今中外的母亲都是一样的!

1935 年 11 月 20 日

我现在还真是想家,想故国,想故国里的朋友。我有时简直想得不能忍耐。

1935 年 11 月 28 日

我仰在沙发上,听风声在窗外路过。风里夹着雨。天色阴得如黑夜。心里思潮起伏,又想起故国了。

1935 年 12 月 6 日

近几天来,心情安定多了。以前我真觉得两年太长;同时,在这里无论衣食住行,哪一方面都感到不舒服,所以这两年简直似乎无论如何也忍受不下来了。

从初到格丁根的日记里,我暂时引用这几段。实际上,类似的地方还有不少,从这几段中也可见一斑了。总之,我不想在国外待。一想到我的母亲和祖国母亲,就心潮腾涌,惶惶不可终日,留在国外的念头连影儿都没有。几个月以后,在 1936 年 7 月 11 日,我写了一篇散文,题目叫《寻梦》。开头一段是:

夜里梦到母亲,我哭着醒来。醒来再想捉住这梦的时候,梦却早不知道飞到什么地方去了。

下面描绘的是在梦里见到母亲的情景。

最后一段是:

天哪!连一个清清楚楚的梦都不给我吗?我怅望灰天,在泪光里,幻出母亲的面影。

我在国内的时候,只怀念,也只有可能怀念一个母亲。现在到国外来了,在我的怀念中,就增添了一个祖国母亲。这种怀念,在初到格丁根的时候,异常强烈。以后也没有断过。对这两位母亲的怀念,一直伴随着我度过了在德国的 10 年,在欧洲的 11 年。

寻梦

夜里梦到母亲，我哭着醒来。醒来再想捉住这梦的时候，梦却早不知道飞到什么地方去了。

我瞪大了眼睛看着黑暗，一直看到只觉得自己的眼睛在发亮。眼前飞动着梦的碎片，但当我想到把这些梦的碎片捉起来凑成一个整个的时候，连碎片也不知道飞到什么地方去了，眼前剩下的只有母亲依稀的面影……

在梦里向我走来的就是这面影。我只记得，当这面影才出现的时候，四周灰蒙蒙的，母亲仿佛从云堆里走下来，脸上的表情有点儿同平常不一样，像笑，又像哭，但终于向我走来了。

我是在什么地方呢？这连我自己也有点儿弄不清楚。最初我觉得自己是在现在住的屋子里。母亲就这样一推屋角上的小门，走了进来，橘黄色的电灯罩的穗子就罩在母亲头上。于是我又想了开去，想到哥廷根的全城：我每天去上课走过的两旁有惊人的粗的橡树的古旧的城墙，斑驳陆离的灰黑色的老教堂，教堂顶上的高得有点儿古怪的尖塔，尖塔上面的晴空。然而，我的眼前一闪，立刻闪出一片芦苇，芦苇的稀薄处还隐隐约约地射出了水的清光。这是故乡屋后面的大苇坑。于是我立刻感觉到，不但我自己是在这苇坑的边上，连母亲的面影也是在这苇坑的边上向我走来了。我又想到，当我童年还没有离开故乡的时候，每个夏天的早晨，天还没亮，我就起来，沿了这苇坑走去，很小心地向水里面看着。当我看到暗黑的水面下有什么东西在发着白亮的时候，我伸下手去一摸，是一只白而且大的鸭蛋。我写不出当时快乐的心情。这时再抬头看，往往可以看到对岸空地里的大杨树顶上正有一轮淡红的朝阳——两年前的一个秋天，母亲就静卧在这杨树的下面，永远地，永远地。现在又在靠近杨树的坑旁看到她生前八年没见面的儿子了。

但随了这苇坑闪出的却是一枝白色灯笼似的小花，而且就在母亲的手里。我真想不出故乡里什么地方有过这样的花。我终于又想了回来，想到哥廷根，想到现在住的屋子，屋子正中的桌子上两天前房东曾给摆上这样一瓶花。那么，母亲毕竟是到哥廷根来过了，梦里的我也毕竟在哥廷根见过母亲了。

想来想去，眼前的影子渐渐乱了起来。教堂尖塔的影子套上了故乡的大苇坑，在这不远的后面又现出一朵朵灯笼似的白花，在这一些的前面若隐若现的是母亲的面影。我终于也不知道究竟在什么地方看到母亲了。我努力压住思绪，使自己的心静了下来，窗外立刻传来潺潺的雨声，枕上也觉得微微有寒意。我起来拉开窗幔，一缕清光透进来。我向外怅望，希望发现母亲的足迹。但看到的却是每天看到的那一排窗户，现在都沉浸在静寂中，里面的梦该是甜蜜的吧！

但我的梦却早飞得连影都没有了，只在心头有一线白色的微痕，蜿蜒出去，从这异域的小城一直到故乡大杨树下母亲的墓边；还在暗暗地替母亲担着心：这样的雨夜怎能跋涉这样长的路来看自己的儿子呢？此外，眼前只是一片空蒙，什么东西也看不到了。

天哪！连一个清清楚楚的梦都不给我吗？我怅望灰天，在泪光里，幻出母亲的面影。

1936 年 7 月 11 日于哥廷根

寸草心

小引

我已至望九之年,在这漫长的生命中,亲属先我而去的,人数颇多。俗话说:"死人生活在活人的记忆里。"先走的亲属当然就活在我的记忆里。越是年老,想到他们的次数越多。想得最厉害的偏偏是几位妇女。因为我是一个激烈的女权卫护者吗?不是的。那么究竟原因何在呢?我说不清。反正事实就是这样。我只能说是因缘和合了。

我在下面依次讲四位妇女。前三位属于"寸草心"的范畴,最后一位算是借了光。

大奶奶

我的上一辈,大排行,共十一位兄弟。老大、老二,我叫他们"大大爷"、"二大爷",是同父同母所生。父亲是个举人,做过一任教谕,官阶未必入流,却是我们庄最高的功名,最大的官,因此家中颇为富有。兄弟俩分家,每人还各得地五六十亩。后来被划为富农。老三、老四、老五、老六、老八、老十,我从未见过,他们父母生身情况不清楚,因家贫遭灾,闯了关东,黄鹤一去不复归矣。老七、老九、老十一,是同父同母所生,老七是我父亲。从小父母双亡,我从来没有见过我的祖父母。贫无立锥之地,十一叔送给了别人,改了姓。九叔也万般无奈被迫背井离乡,流落济南,好歹算是在那里立定了脚跟。我六岁离家,投奔的就是九叔。

所谓"大奶奶",就是举人的妻子。大大爷生过一个儿子,也就是说,大奶奶有过一个孙子。可惜在娶妻生子后就夭亡了。我从来没有见过他。因此,在我上一辈十一人中,男孩子只有我这一个独根独苗。在旧社会"不孝有三,无后为大"的环境中,我成了家中的宝贝,自是意中事。可能还有一些别的原因,在我六岁离家之前,我就成了大奶奶的心头肉,一天不见也不行。

我们家住在村外,大奶奶住在村内。有很长一段时间,我每天早晨一睁眼,滚下土炕,一溜烟就跑到村内,一头扑到大奶奶怀里。只见她把手缩进非常宽大的袖筒里,不知从什么地方拿出半块或一整个白面馒头,递给我。当时吃白面馒头叫作吃"白的",全村能每天吃"白的"的人,屈指可数,大奶奶是其中一个,季家全家是唯一的一个。对我这个连"黄的"（指小米面和玉米面）都吃不到，只能凑合着吃"红的"（红高粱面）的小孩子，"白的"简直就像是龙肝凤髓，是我一天望眼欲穿地最希望享受到的。

按年龄推算起来，从能跑路到离开家，大约是从三岁到六岁，是我每天必见大奶奶的时期，也是我一生最难忘怀的一段生活。我的记忆中往往闪出一株大柳树的影子。大奶奶弥勒佛似的端坐在一把奇大的椅子上。她身躯胖大，据说食量很大。有一次，家人给她炖了一锅肉。她问家里的人："肉炖好了没有？给我盛一碗拿两个馒头来，我尝尝！"食量可见一斑。可惜我现在怎么样也挖不出吃肉的回忆。我不会没吃过的。大概我的最高愿望也不过是吃点儿"白的"，超过这个标准，对我就如云天渺茫，连回忆都没有了。

可是我终于离开了大奶奶，以古稀或耄耋的高龄，失掉我这块心头肉，大奶奶内心的悲伤，完全可以想象。"遥怜小儿女，未解忆长安。"我只有六岁，稍有点儿不安，转眼就忘了。等我第一次从济南回家的时候，是送大奶奶入土的。从此我就永远失掉了大奶奶。

大奶奶会永远活在我的记忆中。

我的母亲

我是一个最爱母亲的人，却又是一个享受母爱最少的人。我六岁离开母亲，以后有两次短暂的会面，都是由于回家奔丧，最后一次是分离八年以后，又回家奔丧。这次奔的却是母亲的丧。回到老家，母亲已经躺在棺材里，连遗容都没能见上。从此，人天永隔，连回忆里母亲的面影都变得迷离模糊，连在梦中都见不到母亲的真面目了。这样的梦，我生平不知已有多少次。直到耄耋之年，我仍然频频梦到面目不清的母亲，总是老泪纵横，哭着醒来。对享受母亲的爱来说，我注定是一个永恒的悲剧人物了。奈之何哉！奈之何哉！

关于母亲，我已经写了很多，这里不想再重复。我只想写一件我决不相信其为真而又热切希望其为真的小事。

在清华大学念书时，母亲突然去世。我从北平赶回济南，又赶回清平，送母亲入土。我回到家里，看到的只是一个黑棺材，母亲的面容再也看不到了。有一天夜里，我正睡在里间的土炕上，一叔陪着我。中间隔一片枣树林的对门的宁大叔，径直走进屋内，绕过母亲的棺材，走到里屋炕前，把我叫醒，说他的老婆宁大婶"撞客"了——我们那里把鬼附人体叫作"撞客"——撞的客就是我母亲。我大吃一惊，一骨碌爬起来，跌跌撞撞，跟着宁大叔，穿过枣林，来到他家。宁大婶坐在炕上，闭着眼睛，嘴里却不停地说着话，不是她说话，而是我母亲。一见我（毋宁说是一"听到我"，因为她没有睁眼），就抓住我的手，说："儿啊！你让娘想得好苦呀！离家八年，也不回来看看我。你知道，娘心里是什么滋味呀！"如此刺刺不休，说个不停。我仿佛当头挨了一棒，懵懵懂懂，不知所措。按理说，听到母亲的声音，我应当号啕大哭。然而，我没有，我似乎又清醒过来。我在潜意识中，连声问着自己：这是可能的吗？这是真事吗？我心里酸甜苦辣，搅成了一锅酱。我对"母亲"说："娘啊！你不该来找宁大婶呀！你不该麻烦宁大婶呀！"我自己的声音传到我自己的耳朵里，一片空虚，一片淡漠。然而，我又不能不这样，我的那一点儿"科学"起了支配的作用。"母亲"连声说："是啊！是啊！我要走了。"于是宁大婶睁开了眼睛，木然、愕然坐在土炕上。我回到自己家里，看到母亲的棺材，伏在土炕上，一直哭到天明。

我不能相信这是真的，但是希望它是真的。倚闾望子，望了八年，终于"看"到了自己心爱的独子，对母亲来说不也是一种安慰吗？但这是多么渺茫，多么神奇的一种安慰呀！

母亲永远活在我的记忆里。

我的婶母

这里指的是我九叔续弦的夫人。第一位夫人,虽然是把我抚养大的,我应当感谢她;但是,留给我的却不都是愉快的回忆。我写不出什么文章。

这一位续弦的婶母,是在一九三五年夏天我离开济南以后才同叔父结婚的,我并没见过她。到了德国写家信,虽然"敬禀者"的对象中也有"婶母"这个称呼,却对我来说是一个空洞的概念,一直到一九四七年,也就是说十二年以后,我从北平乘飞机回济南,才把概念同真人对上了号。

婶母(后来我们家里称她为"老祖")是绝顶聪明的人,也是一个有个性有脾气的人。我初回到家,她是斜着眼睛看我的。这也难怪。结婚十几年了,忽然凭空冒出来了一个侄子。"他是什么人呢?好人?坏人?好不好对付?"她似乎有这样多的问号。这是人之常情,不能怪她。

我却对她非常尊敬。她不是个一般的人。在我离家十二年,我在欧洲经历了第二次世界大战,她在国内经历了日军占领和抗日战争。我是亲老、家贫、子幼。可是鞭长莫及。有五六年,音讯不通。上有老,下有小,叔父脾气又极暴烈,甚至有点儿乖戾,极难侍奉。有时候,经济没有来源,全靠她一个人支持。她摆过烟摊;到小市上去卖衣服家具；在日军刺刀下去领混合面；骑着马到济南南乡里去勘查田地，充当地牙子，赚点儿钱供家用；靠自己幼时所学的中医知识，给人看病。她以"少妻"的身份，对付难以对付的"老夫"。她的苦心至今还催我下泪。在这万分艰苦的情况下，她没让孙女和孙子失学，把他们抚养成人。总之，一句话，如果没有老祖，我们的家早就完了。我回到家里来也恐怕只能看到一座空房，妻离子散，叔父归天。

我自认还不是一个浑人。我极重感情，决不忘恩。老祖的所作所为，我看到眼里，记在心中。回北平以后，给她写了一封长信，称她为"老季家的功臣"。听说，她很高兴。见了自己的娘家人，详细通报。从此，她再也不斜着眼睛看我了，我们两人之间的关系十分融洽，互相尊重。我们全家都尊敬她，热爱她，"老祖"这一个朴素简明的称号，就能代表我们全家人的心。

叔父去世以后，老祖同我的妻子彭德华从济南迁来北京。我们一起生活了将近三十年，从没有半点儿龃龉，总是你尊我敬。自从我六岁到济南以后，六七十年来，我们家从来没有吵过架，这是极为难得的。我看进入吉尼斯世界纪录，也不为过。老祖到我们家以后，我们能这样和睦，主要归功于她和德华二人，我在其中起的作用，微乎其微。以八十多的高龄，老祖身体健康，精神愉快，操持家务，全都靠她。我们只请了做小时工的小保姆。老祖天天背着一个大黑布包，出去采买食品菜蔬，成为朗润园的美谈。老祖是非常满意的，告诉自己的娘家人说："这一家子都是很孝顺的。"可见她晚年心情之一斑。我个人也是非常满意的，我安享了二三十年的清福。老祖以九十岁的高龄离开人世。我想她是含笑离开的。

老祖永远活在我的记忆里。

1995年6月24日

我的妻子

我在上面说过：德华不应该属于"寸草心"的范畴。她借了光。人世间借光的事情也是常有的。

我因为是季家的独根独苗，身上负有传宗接代的重大任务，所以十八岁就结了婚。父母之命，媒妁之言，自不在话下。德华长我四岁。对我们家来说，她真正做到了"毫不利己，专门利人"，一辈子勤勤恳恳，有时候还要含辛茹苦。上有公婆，下有稚子幼女，丈夫十几年不在家。公公又极难侍候，家里又穷，经济朝不保夕。在这些年，她究竟受了多少苦，她只是偶尔对我流露一点儿，我实在说不清楚。

德华天资不是太高，只念过小学，大概能认千八百字。我念小学的时候，曾偷偷地看过许多旧小说，什么《西游记》《封神演义》《彭公案》《施公案》《济公传》《七侠五义》《小五义》等等都看过。当时这些书对我来说是"禁书"，叔叔称之为"闲书"。看"闲书"是大罪状，是绝对不允许的。但是，不但我，连叔父的女儿秋妹都偷偷地看过不少。她把小说中常见的词儿"飞檐走壁"念成"飞腾走壁"，一时传为笑柄。可是，德华一辈子也没有看过任何一部小说，别的书更谈不上了。她没有给我写过一封信，她根本拿不起笔来。到了晚年，连早年能认的千八百字也都大半还给了老师，剩下的不太多了。因此，她对我一辈子搞的这一套玩意儿根本不知道是什么东西，有什么意义。她似乎从来也没有想知道过。在这方面，我们俩毫无共同的语言。

在文化方面，她就是这个样子。然而，在道德方面，她却是超一流的。上对公婆，她真正尽了孝道；下对子女，她真正做到了慈母应做的一切；中对丈夫，她绝对忠诚，绝对服从，绝对爱护。她是一个极为难得的孝顺媳妇，贤妻良母。她对待任何人都是忠厚诚恳，从来没有说过半句闲话。她不会撒谎，我敢保证，她一辈子没有说过半句谎话。如果中国将来要修《二十几史》，而其中又有什么"妇女列传"或"闺秀列传"的话，她应该榜上有名。

一九六二年，老祖同德华从济南搬到北京来。我过单身汉生活数十年，现在总算是有了一个家。这也是德华一生的黄金时期，也是我一生最幸福的时候。我们家里和睦相处，你尊我让，从来没有吵过嘴。有时候家人朋友团聚，食前方丈，杯盘满桌，烹饪往往由她们二人主厨。饭菜上桌，众人狼吞虎咽，她们俩却往往是坐在一旁，笑眯眯地看着我们吃，脸上流露出极为怡悦的表情。对这样的家庭，一切赞誉之词都是无用的，都会黯然失色的。

我活到了八十多，参透了人生真谛。人生无常，无法抗御。我在极端的快乐中，往往心头闪过一丝暗影：天下无不散的筵席。我们家这一出十分美满的戏，早晚会有煞戏的时候。果然，老祖先走了。去年德华又走了。她也已活到超过米寿，她可以瞑目了。

德华永远活在我的记忆里。

1995 年 7 月

儿时的事

我的家乡山东清平县（现归临清市）是山东有名的贫困地区。我们家是一个破落的农户。祖父母早亡，我从来没有见过他们。祖父之爱我是一点儿也没有尝到过的。他们留下了三个儿子，我父亲行大（在大排行中行七）。两个叔父，最小的一个无父无母，送了人，改姓刁。剩下的两个，上无怙恃，孤苦伶仃，寄人篱下，其困难情景是难以言说的。恐怕哪一天也没有吃饱过，饿得没有办法的时候，兄弟俩就到村南枣树林子里去，捡掉在地上的烂枣，聊以果腹。这一段历史我并不清楚，因为兄弟俩谁也没有对我讲过。大概是因为太可怕，太悲惨，他们不愿意再揭过去的伤疤，也不愿让后一代留下让人惊心动魄的回忆。

但是，乡下无论如何是待不下去了，待下去只能成为饿殍。不知道怎么的，兄弟俩商量好，到外面大城市里去闯荡一下，找一条活路。最近的大城市只有山东首府济南。兄弟俩到了那里，两个毛头小伙子，两个乡巴佬，到了人烟稠密的大城市里，举目无亲，他们碰到了多少困难，遇到了多少波折，这一段历史我也并不清楚。大概是出于同一个原因，他们谁也没有对我讲过。

后来，叔父在济南立定了脚跟，至多也只能像是石头缝里的一棵小草，艰难困苦地挣扎着。于是兄弟俩商量，弟弟留在济南挣钱，哥哥回家务农，希望有朝一日，混出点儿名堂来，即使不能衣锦还乡，也得让人另眼相看，为父母和自己争一口气。

但是，务农要有田地，这是一个最简单的常识。可我们家所缺的正是田地这玩意儿。大概我祖父留下了几亩地，父亲就靠这个来维持生活。至于他怎样侍弄这点儿地，又怎样成的家，这一段历史对我来说又是一个谜。

我就是在这时候来到人间的。

天无绝人之路。正在此时，或稍微前一点儿，叔父在济南失了业，流落在关东。用身上仅存的一元钱买了湖北水灾奖券，结果中了头奖，据说得到了几千两银子。我们家一夜之间成了暴发户。父亲买了60亩带水井的地。为了耀武扬威，要盖大房子。一时没有砖，他便昭告全村，谁愿意拆掉自己的房子，把砖卖给他，他肯出几十倍高的价钱。俗话说：“重赏之下，必有勇夫。”别人的房子拆掉，我们的房子盖成。东、西、北房各五大间。大门朝南，极有气派。兄弟俩这一口气总算争到了。

然而好景不长，我父亲是乡村中朱家、郭解一流的人物，仗"义"

施财，忘乎所以。有时候到外村去赶集，他一时兴起，全席棚里喝酒吃饭的人，他都请了客。据说，没过多久，60亩上好的良田被卖掉，新盖的房子也把东房和北房拆掉，卖了砖瓦。这些砖瓦买进时似黄金，卖出时似粪土。

一场春梦终成空，我们家又成了破落户。

在我能记事的时候，我们家已经穷到了相当可观的程度。一年大概只能吃一两次"白的"（指白面），吃得最多的是红高粱饼子，棒子面饼子也成为珍品。我在春天和夏天，割了青草，或劈了高粱叶，背到二大爷家里，喂他的老黄牛，赖在那里不走，等着吃上一顿棒子面饼子，打一打牙祭。夏天和秋天，对门的宁大婶和宁大姑总带我到外村的田地里去拾麦子和豆子，把拾到的可怜兮兮的一把麦子或豆子交给母亲。不知道积攒多少次，才能勉强打出点儿麦粒，磨成面，吃上一顿"白的"。我当然觉得如吃龙肝凤髓。但是，我从来不记得母亲吃过一口，她只是坐在那里，瞅着我吃，眼里好像有点儿潮湿。我当时哪里能理解母亲的心情呀！但是，我也隐隐约约地立下一个决心：有朝一日，将来长大了，也让母亲吃点儿"白的"。可是，"树欲静而风不止，子欲养而亲不待。"还没有等到我有能力让母亲吃"白的"，母亲竟舍我而去，留下了我一个终生难补的心灵伤痕，抱恨终天！

我们家，我父亲一辈，大排行兄弟11个。有六个因为家贫，下了关东。从此音信杳然。留下的只有五个,一个送了人,我上面已经说过。这五个人中,只有大大爷有一个儿子,不幸早亡,我从来没有见过他。我生下以后,就成了唯一的男孩子。在封建社会里,这意味着什么,大家自然能理解。在济南的叔父只有一个女儿。于是兄弟俩一商量,要把我送到济南。当时母亲什么心情,我太年幼,完全不能理解。很多年以后,我才听人告诉我说,母亲曾说过:"要知道一去不回头的话,我拼了命也不放那孩子走!"这一句不是我亲耳听到的话,却终生回荡在我耳边。"谁言寸草心,报得三春晖?"

母与子

　　一想到故乡，就想到一个老妇人。我自己也觉得奇怪：干皱的面纹，霜白的乱发，眼睛因为流泪多了，镶着红肿的边，嘴瘪了进去。这样一张面孔，看了不是很该令人不适意吗？可为什么它总霸占住我的心呢？但是再一想到，我是在怎样的一个环境里遇到了这老妇人，便立刻知道，她不但现在霸占住我的心，而且要永远地霸占住了。

　　现在回忆起来，还恍如眼前的事。去年的初秋，因为母亲的死，我在火车里闷了一天，在长途汽车里又颠荡了一天以后，回到八年没曾回过的故乡去。现在已经不能确切地记得是什么时候，只记得才到故乡的时候，树丛里还残留着一点儿浮翠；当我离开的时候就只有淡远的长天下一片凄凉的黄雾了。就在这浮翠里，我踏上印着自己童年游踪的土地。当我从远处看到自己的在烟云笼罩下的小村的时候，想到死去的母亲就躺在这烟云里的某一个角落里，我不能描写我的心情。像一团烈焰在心里烧着，又像严冬的厚冰积在心头。

我迷惘地撞进了自己的家,在泪光里看着一切都在浮动。我更不能描写当我看到母亲的棺材时的心情。几次在梦里接受了母亲的微笑,现在微笑的人却已经睡在这木匣子里了。有谁有过同我一样的境遇的?她大概知道我的心是怎样地绞痛了。我哭,我哭到一直不知道自己是在哭。渐渐地听到四周有嘈杂的人声围绕着我,似乎都在劝解我,都叫着我的乳名,自己听了,在冰冷的心里也似乎得到了点温热。又经过了许久,我才睁开眼。看到了许多以前熟悉,现在都变了但也还能认得出来的面孔。除了自己家里的大娘婶子以外,我就看到了这个老妇人:干皱的面纹,霜白的乱发,眼睛因为流泪多了,镶着红肿的边,嘴瘪了进去……

她就用这瘪了进去的嘴,一凹一凹地似乎对我说着什么话。我只听到絮絮地扯不断拉不断仿佛念咒似的低声,并没有听清她对我说的什么。等到阴影渐渐地从窗外爬进来,我从窗棂里看出去,小院里也织上了一层朦胧的暗色。我似乎比以前清楚了点。看到眼前仍然挤着许多人。在阴影里,每个人摆着一张阴暗苍白的面孔,却看不到这一凹一凹的嘴了。一打听才知道,她就是同村的算起来比我长一辈的,应该叫作大娘之流的,小时候也曾抱我玩过的一个老妇人。

以后,我过的是一个极端痛苦的日子。母亲的死使我对一切都灰心。以前也曾自己吹起过幻影:怎样在十几年的漂泊生活以后,回到故乡来，听到母亲的一声含有温热的呼唤，仿佛饮一杯甘露似的，给疲惫的心加一点儿生气，然后再冲到人世里去。现在这幻影终于证实了是个幻影。我现在是处在怎样的一个环境里呢？——寂寞冷落的屋里，墙上满布着灰尘和蛛网。正中放着一个大而黑的木匣子。这匣子装走了我的母亲，也装走了我的希望和幻影。屋外是一个用黄土堆成的墙围绕着的天井。墙上已经有了几处缺口，上面长着乱草。从缺口里看出去是另一片黄土的墙，黄土的屋顶，黄土的街道，接连着枣树林里的一片淡淡的还残留着点儿绿色的黄雾，枣林的上面是初秋阴沉的也有点儿黄色的长天。我的心也像这许多黄的东西一样黄，一样阴沉。一个丢掉希望和幻影的人，不也正该丢掉生趣吗？

我的心，虽然像黄土一样地黄，却不能像黄土一样地安定。我被圈在这样一个小的天井里：天井的四周都栽满了树。榆树最多，也有桃树和梨树。每棵树上都有母亲亲自砍伐的痕迹。在给烟熏黑了的小厨房里，还有母亲没死前吃剩的半个茄子，半棵葱。吃饭用的碗筷，随时用的手巾，都印有母亲的手泽和口泽。在地上的每一块砖上，每一块土上，母亲在活着的时候，每天不知道要踏过多少次。这活着，并不邈远，一点儿都不；只不过是十天前。十天算是怎样短的一个时间呢？然而不管怎样短，就在十天后的现在，我却只看到母亲躺在这黑匣子里。看不到，永远也看不到母亲的身影再在榆树和桃树中间,在这砖上,在黄的墙,黄的枣林,黄的长天下游动了。

虽然白天和夜仍然交替着来,我却只觉到有夜。在白天,我有颗夜的心。在夜里,夜长,也黑,长得莫名其妙,黑得更莫名其妙;更黑的还是我的心。我枕着母亲枕过的枕头,想到母亲在这枕头上,想到她儿子的时候不知道流过多少泪,现在却轮到我枕着这枕头流泪了。凄凉零乱的梦萦绕在我的四周,我睡不熟。在蒙眬里睁开眼睛,看到淡淡的月光从门缝里流进来,反射在黑漆的棺材上的清光。在黑影里,又浮起了母亲的凄冷的微笑。我的心在战栗,我渴望着天明。但夜更长,也更黑,这漫漫的长夜什么时候才能过去呢?我什么时候才能看到天光呢?

时间终于慢慢地走过去。白天里悲痛袭击着我,夜间黑暗压住了我的心。想到故都学校里的校舍和朋友,恍如回望云天里的仙阙,又像捉住了一个荒诞的古代的梦。眼前仍然是一片黄土色,每天接触到的仍然是一张张阴暗灰白的面孔。他们虽然都用天真又单纯的话和举动来对我表示亲热,但他们哪能了解我这一腔的苦水呢?我感到寂寞。

就在这时候,这老妇人每天总到我家里来看我。仍然是干皱的面纹,霜白的乱发,眼睛镶着红肿的边,嘴瘪了进去。就用瘪了进去的嘴,一凹一凹地絮絮地说着话,以前我总以为她说的不过是同别人一样的劝解我的话,因为我并未曾听清她说的什么。现在听清了,才知道从这一凹一凹的嘴里发出的并不是我想的那些话。她老向我问着外面的事情,尤其很关心地问着军队的事情。对于我母亲的死却一句也不提。我很觉得奇怪,我不明了她的用意。我在当时那种心情之下,有什么心绪同她闲扯呢?当她絮絮地扯不断拉不断地仿佛念咒似的说着话的时候,我仍然看到母亲的面影在各处飘,在榆树旁,在天井里,在墙角的阴影里。寂寞和悲哀仍然霸占住我的心。我有时也答应她一两句,她于是就絮絮地说下去,说她有一个儿子,她的独子,三年前因为在家没有饭吃,偷跑了出去当兵。去年只接到了他的一封信,说是不久就要开到不知道哪里去打仗。到现在又一年没信了。留下一个媳妇和一个孩子(说着指了指依偎她身旁的一个肮脏的拖着鼻涕的小孩儿)。家里又穷,几年来年成又不好,媳妇时常哭……问我知道不知道他在什么地方。说着,在叹了几口气以后,晶莹的泪点顺着干皱的面纹流下来,流过一凹一凹的嘴,落到地上去了。我知道,悲哀怎样啃着这老妇人的心。本来需要安慰的我也只好反过头来,安慰她几句,看她领着她的孙子,沿着黄土的路,踽踽地走去,背影渐渐消失。

接连着几天的过午,她总领着她孙子来看我。她这孙子实在不高明,肮脏又淘气。他死死地缠住她。但是她却一点儿都不急躁。看着她孙子拖着鼻涕的面孔,微笑就浮在她这瘪了进去的嘴旁。拍着他，嘴里哼着催眠曲似的歌。我知道，这单纯的老妇人怎样在她孙子身上发现了她儿子。她仍然絮絮地问着我，关于外面军队里的事情。问我知道她儿子在什么地方不。我也很想在谈话间隔的时候，问她一问我母亲活着时的情形，好使我这八年不见面的渴望和悲哀的烈焰消熄一点儿。她却只"唔唔"两声支吾过去，仍然絮絮地扯不断拉不断地仿佛念咒似的自己低语着，说她儿子小的时候怎样淘气，有一次，他打碎一个碗，她打了他一掌，他哭得真凶呢。大了怎样不正经做活儿。说到高兴的地方，也有一线微笑掠过这干皱的脸。最后，又问我知道她儿子在什么地方不。我发现这老妇人出奇地固执。我只好再安慰她两句。在黄昏的微光里，送她出去。眼看着她领着她的孙子在黄土道上踽踽地凄凉地走去，暮色压在她的微驼的背上。

就这样，有几个寂寞的过午和黄昏就度过了。间或有一两天，这老妇人因为有事没来看我。我自己也受不住寂寞的袭击，常出去走走。紧靠着屋后是一个大坑，汪洋一片水，有外面的小湖那样大。是秋天，前面已经说过。坑里丛生着的芦草都顶着白茸茸的花。望过去，像一片银海。芦花的里面是水。从芦花稀处，也能看到深碧的水面。我曾整个过午坐在这水边的芦花丛里，看水面反射着静静的青光。间或有一两条小鱼冲出水面来喋喋着。一切都这样静。母亲的面影仍然浮动在我的眼前。我想到童年时候怎样在这里洗澡；

怎样在夏天里，太阳出来以前，水面还发着蓝黑色的时候，沿着坑边去摸鸭蛋，倘若摸到一个的话，拿给母亲看的时候，母亲的微笑怎样在当时的童稚的心灵里开成一朵花；怎样又因为淘气，被母亲在后面追打着，当自己被逼紧了跳下水去，站在水里回头看岸上的母亲的时候，母亲却因了这过分顽皮的举动，笑了，自己也笑了……然而这些美丽的回忆，却随了母亲的死吞噬了，只剩了一把两把的眼泪。我要问，母亲怎么会死了？我究竟是什么东西？但一切都这样静。我眼前闪动着各种的幻影。芦花流着银光，水面上反射着清光，夕阳的残晖照在树梢上发着金光：这一切都混杂地搅动在我眼前，像一串串的金星，又像迸发的火花。里面仍然闪动着母亲的面影，也是一串串的——我忘记了自己，忘记了一切，像浮在一个荒诞的神话里，踏着暮色走回家了。

　　有时候，我也走到场里去看看。豆子、谷子都从田地里用牛车拖了来，堆成一个个小山似的垛。有的也摊开来在太阳里晒着。老牛拖着石碾在上面转，有节奏地摆动着头。驴子也摇着长耳朵拖着车走。在正午的沉默里，只听到豆荚在阳光下开裂时毕剥的响声，柳树下老牛的喘气声。风从割净了庄稼的田地里吹过来，带着土的香味。一切都在沉默。这时候，我又往往遇到这个老妇人，领着她的孙子，从远远的田地里顺着一条小路走了来，手里间或拿着几支玉蜀黍秸。霜白的发被风吹得轻微地颤动着。一见了我，立刻红肿的眼睛里仿佛有了光辉,站住便同我说起话来。嘴一凹一凹地说过了几句话以后,立刻转到她的儿子身上。她自己又低着头絮絮地扯不断拉不断地仿佛念咒似的说起来。又说到她儿子小的时候怎样淘气。有一次他摔碎了一个碗,她打了他一掌,他哭得真凶呢。他大了又怎样不正经地做活儿。说到高兴的地方,干皱的脸上仍然浮起微笑。接着又问到我外面军队上的情形,问我知道他在什么地方,见过他没有。她还要我保证,他不会被人打死的。我只好再安慰安慰她,说我可以带信给他,叫他回家看她。我看到她那一凹一凹的干瘪的嘴旁又浮起了微笑。旁边看的人,一听到她又说这一套,早走到柳荫下看牛去了。我打发她走回家去,仍然让沉默笼罩着这正午的场。

　　这样也终于没能延长多久,在由一个乡间的阴阳先生按着什么天干地支找出的所谓"好日子"的一天,我从早晨就穿了白布袍子,听着一个人的暗示。他暗示我哭,我就伏在地上咧开嘴号啕地哭一阵。正哭得淋漓的时候,他忽然暗示我停止,我也只好立刻收了泪。在收了泪的时候,就又可以从泪光里看来来往往的各样的吊丧的人,也就号啕过几场,又被一个人牵着东走西走。跪下又站起,一直到自己莫名其妙,这才看到有几十个人去抬母亲的棺材了。这里,我不愿意,实在是不可能,说出我看到母亲的棺材被人抬动时的心痛。以前母亲的棺材在屋里,虽然死仿佛离我很远,但只隔一层木板里面就躺着母亲。现在却被抬到深得永恒黑暗的洞里去了。我脑筋里有点儿糊涂,跟了棺材沿着坑走过了一段长长的路,到了墓地。又被拖着转了几个圈子……不知怎的,脑筋里一闪,却已经给人拖到家里来了。又像我才到家时一样,渐渐听到四周有嘈杂的人声围绕着我,似乎又在说着同样的话。过了一会儿,我才听到有许多人都说着同样的话,里面杂着絮絮的扯不断拉不断的仿佛念咒似的低语。我听出是这老妇人的声音,但却听不清她说的什么,也看不到她那一凹一凹的嘴了。

在我清醒了以后,我看到的是一个变过的世界。尘封的屋里,没有了黑亮的木匣子。我觉得一切都空虚寂寞。屋外的天井里,残留在树上的一点儿浮翠也消失到不知哪儿去了。草已经都转成黄色,耸立在墙头上,在秋风里打战。墙外一片黄土的墙更黄;黄土的屋顶,黄土的街道也更黄;尤其黄的是枣林里的一片黄雾,接连着更黄更黄的阴沉的秋的长天。但顶黄顶阴沉的却仍然是我的心。一个对一切都感到空虚和寂寞的人,不也正该丢掉希望和幻影吗?

又走近了我的行期。在空虚和寂寞的心上,加上了一点儿绵绵的离情。我想到就要离开自己漂泊的心所寄托的故乡。以后,闻不到土的香味,找不到母亲住过的屋子、母亲的墓,也踏不到母亲曾经踏过的地。自己心里说不出是什么味。在屋里觉得窒息,我只好出去走走。沿着屋后的大坑踱着。看银色的芦花在过午的阳光里闪着光,看天上的流云,看流云倒在水里的影子。一切又都这样静。我看到这老妇人从穿过芦花丛的一条小路上走来了。霜白的乱发,衬着霜白的芦花,一片辉耀的银光。极目苍茫微明的云天,在她身后伸展出去,在云天的尽头,还可以看到一点点的远村。这次没有领着她的孙子。神气也有点儿匆促,但掩不住干皱的面孔上的喜悦。手里拿着有一点儿红颜色的东西,递给我,是一封信。除了她儿子的信以外,她从没接到过别人的信。所以,她虽然不认字,但可以断定这是她儿子的信。因为村里人没有能念信的,于是赶来找我。她站在我面前,脸上充满了微笑,红肿的眼里也射出喜悦的光,瘪了进去的嘴仍然一凹一凹地动着,但却没有絮絮的念咒似的低语了。信封上的红线因为淋过雨,扩成淡红色的水痕。看邮戳,却是半年前在河南南部一个做过战场的县城里寄出的。地址也没写对,所以经过许多时间的辗转。但也居然能落到这老妇人手里。我的空虚的心里,也因了这奇迹,有了点儿生气。拆开看,寄信人却不是她的儿子,是另一个同村的跑去当兵的。大意说,她儿子已经阵亡了,请她找一个人去运回他的棺材。我的手战栗起来:这不正给这老妇人一个致命的打击吗?我抬眼又看到她脸上抑压不住的微笑。我知道,这老人是怎样切望得到一个好消息;我也知道,倘若我照实说出来,会有怎样一幅悲惨的景象展开在我眼前。我只好对她说,她儿子现在很好,已经升了官,不久就可以回家来看她。她欢喜得流下眼泪来，嘴一凹一凹地动着，她又扯不断拉不断地絮絮地对我说起来。不厌其详地说到她儿子各样的好处；说起她昨天夜里还做了一个梦，梦着他回来。我看到这老妇人把信揣在怀里，转身走去的渐渐消失的背影。我再能说什么话呢？

第二天，我便离开我故乡里的小村。临走，这老妇人又来送我。领着她的孙子，脸上堆满了笑意。她不管别人在说什么话，总絮絮地扯不断拉不断地仿佛念咒似的自己低语着。不厌其详地说到她儿子的好处；说起她昨天夜里还做了一个梦，梦见她儿子回来，她儿子已经升成了官了。嘴一凹一凹的，急促地动着。我身旁送行人的脸色渐渐有点儿露出不耐烦，有的也就躲开了。我偷偷地把这信的内容告诉别人，叫他在我走了以后慢慢地转告给这老妇人。或者干脆就不告诉她，因为，我想，好在她不会再有许多年的活头，让她抱住一个希望到坟墓里去吧。当我离开这小村的一刹那，我还看到这老妇人眼睛里的喜悦的光辉，干皱的面孔上浮起的微笑……

不一会儿，回望自己的小村，早在云天苍茫之外，触目尽是长天下一片凄凉的黄雾了。

在颠簸的汽车里，在火车里，在驴车里，我仍然看到这圣洁的光辉，圣洁的微笑，那老妇人手里拿着那封信。我知道，正像装走了母亲的大黑匣子装走了我的希望和幻影，这封信也装走了她的希望和幻影。我却又把这希望和幻影替她拴在上面，虽然不知道能拴得久不。

　　经过了萧瑟的深秋,经过了阴暗的冬,看死寂凝定在一切东西上。现在又来了春天。回想故乡的小村,正像在故乡里回想到故都一样。恍如回望云天里的仙阙,又像捉住了一个荒诞的古代的梦了。这个老妇人的面孔总在我眼前盘桓:干皱的面纹,霜白的乱发,眼睛因为流泪多了,镶着红肿的边,嘴瘪了进去。又像看到她站在我面前,絮絮地扯不断拉不断地仿佛念咒似的低语着,嘴一凹一凹地在动。又仿佛听到她向我说,她儿子小的时候怎样淘气,有一次他摔碎了一个碗,她打了他一巴掌,他哭了。又仿佛看到她手里拿着一封雨水渍过的信,脸上堆满了微笑,说到她儿子的好处,说起她做了一个梦,梦着他回来……然而,我却一直没接到故乡里的来信。我不知道别人告诉她她儿子已经死了没有,倘若她仍然不知道的话,她愿意把自己的喜悦说给别人听;却没有人愿意听。没有我这样一个忠实的听者,她不感到寂寞吗?倘若她已经知道了,我能想象,大的晶莹的泪珠从干皱的面纹里流下来,她这瘪了进去的嘴一凹一凹的,她在哭,她又哭晕了过去……不知道她现在还活在人间没有?我们同样都是被厄运踏在脚下的苦人,当悲哀正在啃着我的心的时候,我怎忍再看你那老泪浸透的面孔呢?请你不要怨我骗你吧,我为你祝福!

1934 年 4 月 1 日

难忘的一家人

三月初的德里,已经是春末夏初时分。北京此时恐怕还会飘起雪花吧。而在这里,却已是杂花生树,群莺乱飞。月季花、玫瑰花、茉莉花、石竹花,还有其他许多不知名的鲜花,纷红骇绿,开得正猛。木棉那大得像碗口的红花,开在凌云的高枝上,发出了异样的光彩,特别逗引起了我这个异乡人的惊奇。

就在这繁花似锦的时刻,我会见了将近20年没有见面的印度老朋友普拉萨德先生。

当时,我刚从巴基斯坦来到德里。午饭后,我站在我们大使馆楼前的草地上,欣赏那一朵朵肥大的月季花,正在出神,冷不防从对面草地上树荫下飞也似的跳出来了一个人,一下子扑了过来,用力搂住我的脖子,拼命吻我的面颊。他眼里泪水潸潸,眉头痛苦地或者是愉快地皱成了一个疙瘩。他就是普拉萨德。他这出乎意料的举动,使得我惊愕、快乐。但是,我的眼里却没有泪水流出,好像是我还没有来得及把泪水酿出。

这自然就使我回忆起过去在北京大学的一些事情。

普拉萨德是在新中国成立初期由印中友协主席、中国人民始终如一的老朋友森德拉尔先生介绍到北大来任教的。他为人正直坦荡，老老实实，本本分分，从来不弄什么小动作，不耍什么花样。借用德国老百姓的一句口头语：他忠实得像金子一样。在工作方面，他勤勤恳恳，给什么工作，就做什么工作，绝不讨价还价。因此，他同中国教师和历届的同学都处得很好，没有人不喜欢他、不尊重他。他后来回国结了婚，带着夫人普拉巴女士又回到北京。生的第一个男孩儿，取名就叫作京生。长到三四岁的时候，活泼伶俐，逗人喜爱。每次学校领导宴请外国教员，一个必不可少的节目就是要京生高唱《东方红》。此时宴会厅里，必然是笑声四起，春意盎然，情谊脉脉，喜气融融。

时光就这样流逝过去。他做的事情都是平平常常的事情，过的日子也都是平淡无奇的日子。没有兴奋，没有激动。没有惊人的变化，也没有难忘的伟绩。忘记了是哪一年，他生了肺病，有点儿紧张。我就想方设法，加以劝慰。我现在已经忘记究竟对他说了些什么话，但是估计像我这样水平低的人，也绝不会说出什么精辟的话。他可就信了我的话，情绪逐渐平静了下来。又忘记了是哪一年，他告诉我，想到莫斯科去参加青年联欢节。我通过有关的单位，使他达到了目的。这些都是小事，本来是不足挂齿的。然而他却惦记在心，逢人便说。他还经常说，我是他的长辈，是他的师尊。这很使我感到有点儿尴尬，觉得受之有愧。

天不会总是晴的，人世间也绝不会永远风平浪静。大约是在1959年，中印友谊的天空里突然升起了一团乌云。某一些原来对中国友好的印度人，接踵转向。但是，普拉萨德一家人并没有动摇。他们不相信那些造谣诬蔑，流言蜚语。他们一直坚持到自己的护照有被吊销的危险的时候，才忍痛离开了中国。

接着来的是一段对中印两国人民都不愉快的时光。我自己毕生研究印度的文化和历史，十分关心中印两国人民的传统友谊。在这一团乌云的遮蔽下，我有说不出来的苦恼，心情很沉重。我不时想到普拉萨德，想到他那一家人。当他们还在北京的时候，我实际上并没有这样想过。现在一旦睽违，竟如此忆念难置。我自己也说不清楚其中的缘由。难道我也想到"鸿雁几时到，江湖秋水多"吗？我不知道，普拉萨德一家人在想些什么，他们在干些什么。但是，我对于他那一家人对中国人民的深厚友谊，是从来没有怀疑的。我相信，他同广大的印度朋友一样，既能同中国人民共安乐，也能同我们共忧患。他们既然能度过丽日和风，也必然能度过惊涛骇浪。

事实也正是这个样子。等到天空里的乌云逐渐淡下去的时候，从遥远的西天传来了普拉萨德一家的消息。他确实是没有动摇，在那些日子里，他仍然坚持天天到中国驻印度大使馆去上班。当时大使馆门外驻扎着军警，每一个到中国大使馆来的印度人，都要受到盘问。许多印度朋友，不管内心多么热爱中国，在这种情况下，也只好望而却步。然而普拉萨德却毅然肖然，决不气馁。当他在中国生肺病的时候，我心里曾闪过一个念头，窃以为他太脆弱。现在才知道，我错了。在大是大非面前，他是非常坚强的。我认识到他是这样一个人：在脆弱中有坚强，在简单中有深刻，在淳朴中有繁缛，在平淡中有浓烈。

他的爱人普拉巴是夫唱妇随。有人要她捐献爱国捐，她问为什么，说是为了对付中国，她坚决回答："爱国人人有份。但是捐了金银首饰去打中国，我宁死也不干。我绝不相信，中国会侵略印度！"这一番话义正词严，简直可以说是掷地作金石声。在那黑云翻滚的日子里，敢于说这样的话，是需要有点儿勇气的。普拉巴平常看起来也像丈夫一样是朴素而安静的。就在这样一个朴素而安静的印度普通妇女的心中，蕴藏着多少对中国兄弟姐妹的爱和信任啊！但是在千千万万的印度朋友心中，蕴藏着的正是这样的爱和信任。印度古书上有一句话："真理就是要胜利。"她说的话正是真理，因此就必然会胜利的。

难道说普拉萨德一家人不热爱自己的祖国吗？正相反。我知道，他们是非常热爱自己的祖国的。而他们这样的举动也正是真正热爱祖国的表现。

就这样，我们虽然相别十余年，相隔数万里，其间也没有通过信。但是，我们的心是相通的，我们的心是挨得非常近的。

可是我无论如何也没有预料到，我们竟然能够在花团锦簇的暮春时分，在德里又会了面。

看样子，这一次意外的会面也给普拉萨德带来了极大的愉快。他告诉我，当他听说我要到印度来的时候，曾高兴得几夜睡不着觉。我知道，他确实是非常高兴的。那时候，我们的访问非常紧张，一个会接着一个会，忙得不可开交。但是他却利用一切机会同我会面和交谈。有一天晚上，他还带了另一位印度朋友来看我。刚说了几句话，他们俩突然跪到地上摸我的脚。我知道，这是对最尊敬的人行的礼节。我大吃一惊，觉得真是当之有愧。但是面对着这一位忠实得像金子一般的印度朋友，我有什么办法呢？

普拉萨德再三对我讲，他要把他全家都带来同我会面。这正是我的愿望，我是多么想看一看这一家人啊！但是时间却挤不出。最后商定在使馆招待会前半小时会面。到了时候，他们全家果然来了。当年欢蹦乱跳的京生已经长成了稳重憨厚的青年，大学医学院的毕业生；当年在襁褓中的兰兰也已经长成了中学生。我看到这个情景，心里思绪万千，半天说不出话来。但是，普拉萨德却滔滔不绝地讲了起来，讲他过去十几年的经历。从生活到思想，从个人到全家，不厌其详地讲述。兰兰大概觉得他说话太多了，有点儿生气似的说道:"爸爸!看你老讲个不停,不让别人说半句话。"普拉萨德马上反驳说:"不行不行!我非向他汇报不可。我的话三天三夜也讲不完。"说完又讲了起来,大有"词源倒流三峡水"的气概,看样子真要讲上三天三夜了。但是,招待会的时间到了,他们才依依不舍地辞别离去。

我们在德里的最后一个节目是印中友协的欢迎会。散会后,也就是我向普拉萨德全家告别的时候,我自然而然地紧紧地搂住了他的脖子,吻他的面颊。好像也用不着去酿出,我的眼里流满了泪水。同这样一位忠诚淳朴,对中国人民始终如一的印度朋友告别,我难道还能无动于衷吗?

普拉萨德绝不是一个个人,而是广大的印度朋友的代表和象征,他也是千千万万善良的印度人的典型。他也绝没有把我看成一个个人,而是看成整个中国人民的代表。他对我流露出来的感情,不是对我一个人的,而是对全体中国人民。正如中印友谊万古长青一样,我们之间的友谊也是长存的。即使我们暂时分别了,我相信,我们有一天总还会会面的,在印度,在中国。

我遥望西天,为普拉萨德全家祝福。

第二章
寻常岁月温暖

北京已经变化了,
正在变化着,
而且还将继续变化下去。
我以垂暮之年,
能生活在这个城市里,
真是莫大的幸福。

清塘荷韵[1]

楼前有清塘数亩。记得三十多年前初搬来时，池塘里好像是有荷花的，我的记忆里还残留着一些绿叶红花的碎影。后来时移事迁，岁月流逝，池塘里却变得"半亩方塘一鉴开，天光云影共徘徊"，再也不见什么荷花了。

我脑袋里保留的旧的思想意识颇多，每一次望到空荡荡的池塘，总觉得好像缺点什么。这不符合我的审美观念。有池塘就应当有点绿的东西，哪怕是芦苇呢，也比什么都没有强。最好的最理想的当然是荷花。中国旧的诗文中，描写荷花的简直是太多太多了。周敦颐的《爱莲说》，读书人不知道的恐怕是绝无仅有的。他那一句有名的"香远益清"是脍炙人口的。几乎可以说，中国人没有不爱荷花的。可我们楼前池塘中独独缺少荷花。每次看到或想到，总觉得是一块心病。

---

[1] 本文入选北师大版初中语文八年级下册教材。

有人从湖北来,带来了洪湖的几颗莲子,外壳呈黑色,极硬。据说,如果埋在淤泥中,能够千年不烂。因此,我用铁锤在莲子上砸开了一条缝,让莲芽能够破壳而出,不至永远埋在泥中。这都是一些主观的愿望,莲芽能不能长出,都是极大的未知数。反正我总算是尽了人事,把五六颗敲破的莲子投入池塘中,下面就是听天由命了。

这样一来,我每天就多了一件工作:到池塘边上去看上几次。心里总是希望,忽然有一天,"小荷才露尖尖角",有翠绿的莲叶长出水面。可是,事与愿违,投下去的第一年,一直到秋凉落叶,水面上也没有出现什么东西。经过了寂寞的冬天,到了第二年,春水盈塘,绿柳垂丝,一片旖旎的风光。可是,我翘盼的水面上却仍然没有露出什么荷叶。此时我已经完全灰了心,以为那几颗湖北带来的硬壳莲子,由于无法解释的原因,大概不会再有长出荷花的希望了。我的目光无法把荷叶从淤泥中吸出。

但是,到了第三年,却忽然出了奇迹。有一天,我忽然发现,在我投莲子的地方长出了几个圆圆的绿叶,虽然颜色极惹人喜爱,但是却细弱单薄,可怜兮兮地平卧在水面上,像水浮莲的叶子一样。而且最初只长出了五六个叶片。我总嫌这有点太少,总希望多长出几片来。于是,我盼星星,盼月亮,天天到池塘边上去观望。有校外的农民来捞水草,我总请求他们手下留情,不要碰断叶片。但是经过了漫漫的长夏,凄清的秋天又降临人间,池塘里浮动的仍然只是孤零零的那五六个叶片。对我来说,这又是一个虽微有希望但究竟仍是令人灰心的一年。

真正的奇迹出现在第四年上。严冬一过,池塘里又溢满了春水。到了一般荷花长叶的时候,在去年飘浮着五六个叶片的地方,一夜之间,突然长出了一大片绿叶,而且看来荷花在严冬的冰下并没有停止行动,因为在离开原有五六个叶片的那块基地比较远的池塘中心,也长出了叶片。叶片扩张的速度,范围的扩大,都是惊人地快。几天之内,池塘内不小一部分,已经全为绿叶所覆盖。而且原来平卧在水面上的像是水浮莲一样的叶片,不知道是从哪里积蓄了力量,有一些竟然跃出了水面,长成了亭亭的荷叶。原来我心中还迟迟疑疑,怕池中长的是水浮莲,而不是真正的荷花。这样一来,我心中的疑云一扫而光:池塘中生长的真正是洪湖莲花的子孙了。我心中狂喜,这几年总算是没有白等。

天地萌生万物,对包括人在内的动植物等有生命的东西,总是赋予一种极其惊人的求生存的力量和极其惊人的扩展蔓延的力量,这种力量大到无法抗御。只要你肯费力来观察一下,就必然会承认这一点。现在摆在我面前的就是我楼前池塘里的荷花。自从几个勇敢的叶片跃出水面以后,许多叶片接踵而至。一夜之间,就出来了几十枝,而且迅速地扩散、蔓延。不到十几天的工夫,荷叶已经蔓延得遮蔽了半个池塘。从我撒种的地方出发,向东西南北四面扩展。我无法知道,荷花是怎样在深水中淤泥里走动。反正从露出水面荷叶来看,每天至少要走半尺的距离,才能形成眼前这个局面。

光长荷叶,当然是不能满足的。荷花接踵而至,而且据了解荷花的行家说,我门前池塘里的荷花,同燕园其他池塘里的,都不一样。其他地方的荷花,颜色浅红;而我这里的荷花,不但红色浓,而且花瓣多,每一朵花能开出十六个复瓣,看上去当然就与众不同了。这些红艳耀目的荷花,高高地凌驾于莲叶之上,迎风弄姿,似乎在睥睨一切。幼时读旧诗:"毕竟西湖六月中,风光不与四时同。接天莲叶无穷碧,映日荷花别样红。"爱其诗句之美,深恨没有能亲自到杭州西湖去欣赏一番。现在我门前池塘中呈现的就是那一派西湖景象。是我把西湖从杭州搬到燕园里来了。岂不大快人意也哉!前几年才搬到朗润园来的周一良先生赐名为"季荷"。我觉得很有趣,又非常感激。难道我这个人将以荷而传吗?

前年和去年,每当夏月塘荷盛开时,我每天至少有几次徘徊在塘边,坐在石头上,静静地吸吮荷花和荷叶的清香。"蝉噪林逾静,鸟鸣山更幽。"我确实觉得四周静得很。我在一片寂静中,默默地坐在那里,水面上看到的是荷花的绿肥、红肥。倒影映入水中,风乍起,一片莲瓣堕入水中,它从上面向下落,水中的倒影却是从下边向上落,最后一接触到水面,二者合为一,像小船似的漂在那里。我曾在某一本诗话上读到两句诗:"池花对影落,沙鸟带声飞。"作者深惜第二句对仗不工。这也难怪,像"池花对影落"这样的境界究竟有几个人能参悟透呢?

晚上,我们一家人也常常坐在塘边石头上纳凉。有一夜,天空中的月亮又明又亮,把一片银光洒在荷花上。我忽听扑通一声,是我的小白波斯猫毛毛扑入水中,它大概是认为水中有白玉盘,想扑上去抓住。它一入水,大概就觉得不对头,连忙矫捷地回到岸上,把月亮的倒影打得支离破碎,好久才恢复了原形。

今年夏天,天气异常闷热,而荷花则开得特欢。绿盖擎天,红花映日,把一个不算小的池塘塞得满而又满,几乎连水面都看不到了。一个喜爱荷花的邻居,天天兴致勃勃地数荷花的朵数。今天告诉我,有四五百朵;明天又告诉我,有六七百朵。但是,我虽然知道他为人细致,却不相信他真能数出确切的数目。在荷叶底下,石头缝里,旮旮旯旯,不知还隐藏着多少花骨朵儿,都是在岸边难以看到的。粗略估计,今年大概开了将近一千朵。真可以算是洋洋大观了。

连日来,天气突然变寒,好像是一下子从夏天转入秋天。池塘里的荷叶虽然仍是绿油油的一片,但是看来变成残荷之日也不会太远了。再过一两个月,池水一结冰,连残荷也将消逝得无影无踪。

那时荷花大概会在冰下冬眠,做着春天的梦。它们的梦一定能够圆的。"既然冬天到了,春天还会远吗?"

我为我的"季荷"祝福。

燕园盛夏

走在路上,偶一抬头,看到池塘里开出了第一朵荷花,临风摇曳,红艳夺目。我不禁一愣,夏意蓦地逗上心头:盛夏原来已经悄悄地来到燕园了。

几天来,天气也确实很热。一大早,坐在窗前读书的时候,听到外面柳树丛中有一种鸟边飞边叫:"快拿锄头",心里还微微地感到一点凉意。但是,一近中午,炎阳当顶,热气从四面八方袭来。从高树枝头飘下来的蝉声似乎都是温热的。池塘里,成群的鱼浮到有绿荫的水面上来纳凉。炎热仿佛统治了整个宇宙。

但是,最热的还不是自然界的这些,而是青年人的心。今年有两千个男女青年在这里学习了五六年之后,就要走上社会主义建设的工作岗位了。他们一方面努力温课,准备考试,要拿出最出色的成绩向祖国人民汇报;一方面又做好思想准备,要到最艰苦的地方去。伟大祖国的各个方面和各个地区,都在他们考虑之中。他们想到欣欣向荣的农村,他们想到钢水奔流热火朝天的工厂,他们想到冰天雪地、林深草密或者大海汪洋的辽阔的边疆，他们也想到培育比他们更年轻一代的中学的课堂。对他们说来，这些地方都是最好的地方，祖国大地的每一个角落都是他们理想寄托之所在。他们想到什么地方，什么地方就在他们心中开成一朵花。

多么可爱的青年人啊！

我对这些青年人一向怀着特殊的好感。我看他们都朴素率真，平易近人。女孩子有的梳着两条长辫子，有的剪短了头发，蓬蓬松松。男孩子头发更是随便，有的还比较整齐，有的就不大在乎。他们成天价嘻嘻哈哈，好像总有乐不完的事。看起来并没有什么特别惊人的地方。但是，我总觉得，他们走路时脊梁骨是直的，好像有什么东西在那里撑着他们。他们的脚底板是硬的，好像永远也不会滑倒。他们的眼睛，即使还充满了稚气，但却是亮的，好像能看到许多东西，既能看到昨天和今天，又能看到明天。

今年要毕业的这一些青年人眼睛好像就更亮了。他们在党的教育下，开始看到一些他们以前不大注意的东西。我曾参加毕业同学的大会，我没有同任何人说过一句话。但是，我从他们的眼睛里好像就完全了解了他们的心情，看到他们那一颗颗火热的心。他们知道，自己现在进行的事业是人类历史上空前伟大的事业，它关系到亿万人民的解放，关系到人类的前途。进行这样的事业，路途不会是平坦的，这样或那样的风险是不可避免的。可是他们心中有数，只要跟着党走,风暴再大,也决不会迷失方向。

同这样一些青年人在一起是幸福的。

当我像他们这样大的时候,我想的完全是另外一些事情。我脑子里常常浮起一个问题:人生的意义究竟是什么?当时很多人都有这样一个问题,学术界还曾就这个问题大讨论而特讨论。结果是越讨论越糊涂,问题还依然是问题。

新中国成立以后,我自己逐渐解决了这个问题。要对今天的青年人来谈这个问题,他们会觉得异常地可笑,甚至不可理解。人生的意义嘛,那就是斗争,为了共产主义,为了亿万人民的幸福而斗争。这还有什么可讨论的呢?这些青年人正准备着参加到斗争的最前线去。他们肩膀上的担子是重的,但是他们愿意担,而且只要努力,我看也担得起。

我常常在校园里静观周围的青年人,他们的打扮不一样,姿态千差万别,从事的活动也多种多样,看上去有点目迷五色。但是,不管是哪一个站在树下高声朗诵的男孩子,还是从实验室里走出来的女孩子;不管是哪一个在操场上奔跑的女孩子,还是拿着铁锹正在劳动的男孩子,他们在党的教育下,也都同我一样,慢慢懂得了革命的道理,有着一个共同的目的,一个伟大的目的。

无论谁,无论在什么时候,只要想到这一点,他心里就会像点上一把火。就是在酷暑的伏天,也不例外。现在就要走上工作岗位的青年人心里有这样一把火,难道不是很自然的吗?

可是,说也奇怪,心里有了这样一把火,外面天气再热,我们反而感觉不到。我们只觉得心旷神怡,清凉遍体。燕园的盛夏好像是一转眼就消逝得无影无踪,眼前正是惠风和畅或金风送爽的春秋佳日,池塘里开的不是荷花,而是牡丹和菊花。

1963 年 7 月

我爱北京

我爱北京!

我不是北京生人,但是前后在北京居住了将近五十年,算得上一个老北京了。六十年前,当我第一次从山东老家来北京的时候,我是一个不满十九岁的乡下人,没有见过大世面。一下火车,听到那些手里拿着布掸子给旅客掸土借以讨得几枚铜圆的老妇人那一口抑扬顿挫嘹亮圆润的京片子,仿佛听到仙乐一般,震撼了我内心深处。我觉得北京真是一个奇妙的好地方,一个有文化有教养的城市。我从此学会了一件事:我爱北京。

我在清华园里住了四年,然后回到故乡的一个高级中学里教了一年国文,就到欧洲去了。在那里一住就是将近十一年。一九四六年深秋,我终于倦鸟归林,又回到了北京。从那时到现在一住又是四十多年,没有迁移到任何别的城市去。今后我大概也不会移家他处,我要终老于斯了。

我爱北京!

在新中国成立前的二十年中，北京基本上没有变，城垣高耸，宫阙连云，红墙黄瓦，相映生辉，驼铃与电车齐鸣，蓝天共碧水一色，一种古老的情味，弥漫一切。这是北京美的一方面。"无风三尺土，有雨一街泥"，这是北京并不怎样美的一方面。不管美与不美，北京在我心中总是美的。在我离开北京远赴异域的那十多年中，我不但经常想到北京，而且经常梦到北京，我是多么想赶快回到北京的怀抱里来呀！

中华人民共和国成立以后，北京，同全国人民一样，走上了一个崭新的发展阶段。城市面貌日新月异，真正达到了一天等于二十年的速度。我记得曾读过老舍先生的一篇文章（也许是亲自听他说的），他说，他这老北京，只要几天不出门，出门就吃一惊：什么地方又起了一座摩天高楼，什么地方街道变了样子，他因此甚至迷路，走不回家来。

变化不是坏事，而是好事。可是人们的思想往往跟不上。五十年代的前一半，有几年我是北京市人大代表。我记得最清楚的一件事，是拆除天安门前东西两座牌楼引起了风波。在人大全体会议上，代表们争论激烈，各不相让。最后请出了北京市主管交通的一个处长，到大会上来汇报，历数这两座牌楼造成的恶性交通事故，也举出了伤亡人数。在事实面前，大家终于统一了思想，举手通过拆除方案。市府立即下令执行。我是一个保守思想颇浓的人，原来也属于反对拆除派。到了今天,天安门广场已经完全变了样子,成为世界上最大的广场。如果当年不拆除那两座牌楼,今天摆在那里,最多像两个火柴盒,在车水马龙中,不但影响交通,而且不也显得十分滑稽吗?

我们常说,看问题要有预见性。但是,说起来容易,做起来难。我们往往囿于眼前的情况,不能自拔。及至时过境迁,才豁然开朗,恍然大悟,狠狠地吃上一服后悔药。我自己不知吃了多少后悔药,头脑才比较清醒一点儿。我深深知道,今之视昔,亦犹后之视今。但前者易而后者难。我们不应该害怕变化,否则将来还要吃后悔药的。

但是,是不是所有的变化都是好事呢?也不见得。以北京为例。北京不是没有变,而是有的地方变得过了头,在大变中应该保留一点儿不变,那就好多了。比如北京城内的核心地区,以故宫为中心,就应该比较完整地保留下来。然而这一点我们并没能做到。新建的一些摩天大楼破坏了这个地区的完整性,实在很可惜。从前人们登上景山最高处或者北海白塔,纵目南望,在红墙中的黄琉璃瓦屋顶,在阳光中闪出金光,仿佛在那里波动,宛如一片黄色的海洋。这种景色世界上任何地方都是看不到的,然而现在已经遭到一些破坏,回天无术了。

又比如北京的城墙,完全可以像西安那样,有选择地保留几段,修成城垣公园，供国内外的游人登临欣赏，岂非天下乐事！现在却是完全、彻底、干净、全部地拆掉了，同样是回天无术了。

建设首都，可以允许同建设其他大城市有所不同。这种做法世界上不乏先例。比如说联邦德国的首都波恩，是一座相当小的城市。城内不允许建立重工业，连轻工业据说也只有一个小小的玻璃厂。城内既无污染，也没有噪音，街道洁净，空气新鲜，交通不拥挤，整个城市宛如一座安静的花园。我们为什么一定要把北京建成一座所谓"生产的"城市呢？我觉得，这也是一个走极端的例子。联邦德国有一个"消费城市"首都波恩，美国有一个"消费城市"首都华盛顿，难道影响了他们生产力的发展吗？

我上面谈到，我初到北京时，觉得北京真是一个有文化的城市，北京人待人接物都彬彬有礼。到了今天，这种风气似乎有点儿变样了。有一些人，特别是青年人，似乎没有为这种风气所感染，有点儿"异化"了。我只希望，这只是局部的现象。我希望，所有的新老北京人都想到自己所处的地位，努力把那种优良的风气发扬光大，使我们这个泱泱大国的首都真正成为一个有文化有教养的城市，不但能为全国各族人民做出表率，而且能给国际友人以良好的印象。只有这样，我们才对得起这个千年古都。

我始终认为，北京不仅是中国人民的北京，而且是世界的北京。我曾多次站在天安门广场上，浮想联翩，上天下地，觉得脚下踏的这一块土地，内联五湖，外达四海，上凌牛斗，下镇大地，呼吸与日月相通，颦笑与十亿共享，真是一块了不起的地方。我国各族人民对北京的爱，就是对祖国的爱。世界各国人民来访中国，必须先访北京。北京，在全国人民心中，在全世界人民心中，就占有这样特殊的位置。

今天，北京似乎返老还童了。北京已经变化了，正在变化着，而且还将继续变化下去。我以垂暮之年，能生活在这个城市里，真是莫大的幸福。

我爱北京！

1989 年 2 月 28 日

我爱北京的小胡同

我爱北京的小胡同,北京的小胡同也爱我,我们已经结下了永恒的缘分。

六十多年前,我到北京来考大学,就下榻于西单大木仓里面的一条小胡同中的一个小公寓里。白天忙于到沙滩北大三院去应试。北大与清华各考三天,考得我焦头烂额,筋疲力尽;夜里回到公寓小屋里,还要忍受臭虫的围攻,特别可怕的是那些臭虫的空降部队,防不胜防。

但是,我们这一帮山东来的学生仍然能够苦中作乐。在黄昏时分,总要到西单一带去逛街。街灯并不辉煌,"无风三尺土,有雨一街泥",也会令人不快。我们却甘之若饴。耳听铿锵清脆、悠扬有致的京腔,如闻仙乐。此时鼻管里会蓦然涌入一股幽香,是从路旁小花摊上的栀子花和茉莉花那里散发出来的。回到公寓,又能听到小胡同中的叫卖声:"驴肉,驴肉。""王致和的臭豆腐!"其声悠扬、深邃,还含有一点凄清之意。这声音把我送入梦中,送到与臭虫搏斗的战场上。

将近五十年前,我在欧洲待了十多年以后,又回到了故都。这次是住在东城的一条小胡同里:翠花胡同,与南面的东厂胡同为邻。我住的地方后门在翠花胡同,前门则在东厂胡同,据说是明朝的特务机关东厂所在地,是折磨、囚禁、拷打、杀害所谓"犯人"的地方。冤死之人极多,他们的鬼魂常常出来显灵。我是不相信什么鬼怪的。我感兴趣的不是什么鬼怪显灵,而是这一所大房子本身。它地跨两个胡同,其大可知。里面重楼复阁,四廊盘曲,院落错落,花园重叠,一个陌生人走进去,必然是如入迷宫,不辨东西。

然而,这样复杂的内容,无论是从前面的东厂胡同,还是从后面的翠花胡同,都是看不出来的。外面十分简单,里面十分复杂;外面十分平凡,里面十分神奇。这是北京城里许多小胡同共有的特点。

据说当年黎元洪大总统在这里住过。我住在这里的时候,北大校长胡适住在黎住过的房子中。我住的这个地方仅仅是这个院子的一个旮旯,在西北角上。但是这个旮旯并不小,是一个三进的院子,我第一次体会到"庭院深深深几许"的意境。我住在最深一层院子的东房中,园子里摆满了汉代的砖棺。这里本来就是北京的一所"凶宅",再加上这些棺材,黄昏时分,总会让人感觉到鬼影幢幢,毛骨悚然。所以很少有人敢在晚上拜访我。我每日与鬼为邻,倒也过得很安静。

第二进院子里有很多树,我最初没有注意是什么树。有一个夏日的夜晚,刚下过一阵雨,我走在树下,忽然闻到一股幽香。原来这些是马樱花树,树上正开着繁花,幽香就是从这里散发出来的。这一下子让我回忆起十几年前西单的栀子花和茉莉花的香气。当时我是一个十九岁的大孩子,现在成了中年人。相距近二十年的两个我,忽然融合到一起来了。

不管是六十多年,还是五十年,都成为过去了。现在北京的面貌天天在改变,层楼摩天,国道宽敞。然而那些可爱的小胡同,却日渐消逝,被摩天大楼吞噬掉了。看来在现实中小胡同的命运和地位都要日趋消沉,这是不可抵御的,也不一定就算是坏事。可是我仍然执着地关心我的小胡同。就让他们在我的心中占一个地位吧,永远,永远。

我爱北京的小胡同,北京的小胡同也爱我。

北京忆旧

我不是北京人,但是先后在北京住了四十六年之久,算得上一个老北京了。讲到回忆北京旧事,我自觉是颇有一些资格的。

可是,回忆并不总是愉快的。俗话说:"一部二十四史,不知从何处说起。"我遇到的也是这个困难,不是无可回忆,而是要回忆的东西实在太多了。一想到四十六年的北京生活,脑海里就像开了幻灯铺,一幕一幕,倏忽而过。论建筑则有楼台殿阁,佛寺尼庵,阳关大道,独木小桥,无穷无尽的影像。论人物则有男女老幼,国内国外,黑眼黑发,碧眼黄发,无穷无尽的面影。再加上自然风光,春花秋月,夏雨冬雪,延庆密林,西山红叶,混搅成一团,简直像是七宝楼台,海市蜃楼,五光十色,迷离模糊。到了此时,我自己几乎不知置身何地了。

现在先从小事回忆起吧。

我想回忆一下中关村电子一条街。

在我居京的四十六年中,有四十年我住在清华园和燕园,都同今天的电子一条街是近邻。自从我国政府决定在海淀区成立一种经济特区以来，电子一条街就名扬四海。今天，在这里，几乎日夜车水马龙，熙熙攘攘，街两旁店铺鳞次栉比，如雨后春笋，经营的几乎都是先进技术。敏感之士已经感到，将来仅有的几家不是经营先进技术的铺子，比如说饭馆、服装店之类，将会逐渐被挤走，而代之以有能力付特高租金的店铺，将来在海淀区吃饭穿衣都要遇到困难了。我佩服这些人的先见之明。我这个人虽然也还算敏感，但还没有达到这样高的水平，我还没有这样的杞忧。我只是有时候回忆起几十年前的这个地方，心中憬然若有所悟。可惜今天有我这种感觉的人恐怕很少很少了。今天的青年，甚至中年，看到的只是眼前的繁华景象，他们想的是跃跃欲试，逐鹿于电子战场，成为胜利者，手挥微机，头戴桂冠。至于此地过去如何，确定与他们无关，何必去伤这一份脑筋呢？

我生也早，现在已近耄耋之年。早生有早生的好处，但也有早生的包袱。我现在背的就是这样的包袱。我看电子一条街，同中青年们不完全一样。我既看到现在热闹的一面，又看到过去与热闹截然相反的一面。有时候这两面在我眼前重叠起来，我很自然地就起流光如驶之感，不禁大为慨叹。这种慨叹有什么用处吗？我说不出，看来恐怕不会有多大用处。明知没有多大用处，又何苦去回忆呢？我是身不由己，无能为力。既然生早了，亲眼看到这个地方原先的情况，就无法抑制自己不去回忆。这就是我现在的包袱。

将近六十年前，当我住在清华园读书的时候，晚饭之后，有时候偕一两好友漫步出校南门，边走边谈，忘路之远近，间或走得颇远。留给我印象最深的是在深秋时分，我们往往走到一处人迹罕至的地方，衰草荒烟，景象萧森，举目四望，不见人家。但见野坟数堆，暮鸦几点，上下相映，益增荒寒，回望西天，残阳如血，余晖闪熠在枯草叶上。此时我感到鬼气森森，赶快收住脚步，转身回到清华园，仿佛又回到了人间。

计算地望，我当年到的那个地方，应该就是今天的中关村、电子一条街一带。这一点我认为是可以肯定的。我离开清华以后，再也没有到这里来过。1946年回到北平，也没有来过。1952年从城里搬到燕园，时过境迁，我对这个地方，早已忘得干干净净了。我在蓝旗营一公寓住了十年。初来时，门前的马路还没有。现在电子一条街修马路更在以后。这里修马路时，我当时的想法是，修这样宽的马路干吗呀！到了今天，马路扩展了一倍，仍然时有堵塞。仅仅三十几年，这里的变化竟如此巨大，我们的脑筋跟上时代的步伐竟如此困难。古人说沧海桑田，确有其事；论到速度，又是今非昔比了。

我从前读杨衒之《洛阳伽蓝记》、唐段成式《寺塔记》、刘肃《大唐新语》等书籍，常作遐想。书中描绘洛阳、长安等城市升沉衍变的情况，作者一腔思古之幽情，流露于楮墨之间，读来异常亲切感人。我原以为这是古人的事，于今渺矣茫矣。但是，现在看来，我自己亲身经历的类似电子一条街这样的变迁，岂非同古人一模一样吗？唯一的区别只在于，我只经历了六七十年，而古人经历的比较长而已。六七十年在人类历史上不能算太长，但也不能说太短，中国历史上有一些朝代也不过如此。我个人的经历应该算得上一部短短的历史了。

人是非常容易怀旧的，怀旧往往能带来某一种愉快。但是，到了我这样的年龄，我看到的经历过的已经太多太多了，"悲欢离合总无情"，有时候我连怀旧都有点懒怠了。今天写这一篇短文，一非想怀旧，二非想思古。不过偶尔想到，觉得别人未必知道，所以就写了下来。这绝不会影响电子一条街的人士发财致富，也不会帮助他们财运亨通。当他们饱饮可口可乐之余，对他们来说，这样琐细的回忆足资谈助而已。

1988 年 6 月 11 日

我和北大

北大创建于1898年，到明年整整一百年了，称之为"与世纪同龄"，是当之无愧的。我生于1911年，小北大13岁，到明年也达到87岁高龄，称我为"世纪老人"，虽不中亦不远矣。说到我和北大的关系，在我活在世界上的87年中，竟有51年是在北大度过的，称我为"老北大"是再恰当不过的。

在北大五十余年中，我走过的并不是一条阳关大道。有光风霁月，也有阴霾漫天；有"山重水复疑无路"，也有"柳暗花明又一村"，而后者远远超过前者。在这里，我同普天下的老百姓，特别是其中的知识分子，是同呼吸、共命运的，不管怎样，不知道有什么无形的力量，把我同北大紧紧缚在一起，不管我在北大经历过多少艰难困苦，甚至一度曾走到死亡的边缘上，我仍然认为我这一生是幸福的。一个人只有一次生命，我不相信什么轮回转生。在我这仅有的可贵的一生中，从"春风得意马蹄疾"的少不更事的青年，一直到"高堂明镜悲白发"的耄耋之年，我从未离开过北大。追忆我的一生，怡悦之感，油然而生，"虽九死其犹未悔"。

有人会问："你为什么会有这样的感觉呢？"这个问题是我必须答复的。

记得前几年，北大曾召开过几次座谈会，探讨的问题是：北大的传统究竟是什么？我个人始终认为，北大的优良传统是根深蒂固的爱国主义。有人主张，北大的优良传统是革命。其实真正的革命还不是为了爱国？不爱国，革命干吗呢？历史上那种"你方唱罢我登场"的"以暴易暴"的改朝换代，应该排除在"革命"之外。

在古代，几乎在所有的国家中，传承文化的责任都落在知识分子的肩上。不管工农的贡献多么大，但是传承文化却不是他们所能为。如果不这样认为，那不是实事求是的态度。传承文化的人的身份和称呼，因国而异。在欧洲中世纪，传承者多半是身着黑色长袍的神父，传承的地方是在教堂中。后来大学兴起，才接过了一些传承的责任。在印度古代，文化传承者是婆罗门，他们高踞四姓之首。东方一些佛教国家，古代文化的传承者是穿披黄色袈裟的佛教僧侣，传承地点是在寺庙里。中国古代文化的传承者是"士"。士、农、工、商是社会上主要阶层，而士则同印度的婆罗门一样高踞首位。传承的地方是太学、国子监和官办以及私人创办的书院。婆罗门和士的地位，都是他们自定的，这是不是有点过于狂妄自大呢？可能有的；但是，我认为，并不全是这样，而是由客观形势所决定的，不这样也是不行的。

　　婆罗门、神父、士等都是知识分子，他们的本钱就是知识，而文化与知识又是分不开的。在世界各国文化传承者中，中国的士有其鲜明的特点。早在先秦，《论语》中就说过："士不可以不弘毅，任重而道远。"士们俨然以天下为己任，天下安危系于一身。在几千年的历史上，中国知识分子的这个传统一直没变，后来发展成"天下兴亡，匹夫有责"。后来又继续发展，一直到了现代，始终未变。

　　不管历代注疏家怎样解释"弘毅"，怎样解释"任重道远"，我个人认为，中国知识分子所传承的文化中，其精髓有两个鲜明的特点，一个是我在上面详细论证的爱国主义；一个就是讲骨气，讲气节，换句话说也就是在帝王将相的非正义的行为面前不低头，另一方面，在外敌的斧钺前面不低头，"威武不能屈"。苏武和文天祥等一大批优秀人物就是例证。这样一来，这两个特点实又有非常密切的联系了，其关键还是爱国主义。

　　如果我们改一个计算办法的话，那么，北大的历史就不是一百年，而是几千年。因为，北大最初的名称是京师大学堂，而京师大学堂的前身则是国子监。国子监是旧时代中国的最高学府，已有一千多年的历史，其前身又是太学，则历史更长了。从最古的太学起，中经国子监，一直到近代的大学，学生都有以天下为己任的抱负，这也是存在决定意识这个规律造成的，与其他国家的大学不太一样。在中国这样的大学中，首当其冲的是北京大学。在近代史上，历次反抗邪恶势力的运动，几乎都是从北大开始。这是历史事实，谁也否认不掉的。五四运动是其中最著名的一次。虽然名义上是提倡科学与民主，骨子里仍然是一场爱国运动。提倡科学与民主只能是手段，其目的仍然是振兴中华，这不是爱国运动又是什么呢？

我在北大这样一所肩负着传承中华民族的优秀文化的、背后有悠久的爱国主义传统的学府，真正是如鱼得水，认为这才真正是我安身立命之地。我曾在一篇文章中写过：我身上的优点不多，唯爱国不敢后人。即使我将来变成了灰，我的每一个灰粒也都会是爱国的。这是我的肺腑之言。以我这样一个怀有深沉的爱国思想的人，竟能在有悠久爱国主义传统的北大几乎度过了我的一生，我除了有幸福之感外，还有什么呢？还能何所求呢？

1997 年 12 月 13 日

清华颂

　　清华园，永远占据着我的心灵。回忆起清华园，就像回忆我的母亲。

　　又怎能不这样呢？我离开清华已经四十多年了，中间只回去二三次。但是每次回到清华园，就像回到母亲的身边，我内心深处油然起幸福之感。在清华的四年生活，是我一生中最难忘、最愉快的四年。在那时候，我们国家民族正处在危急存亡的紧急关头，清华园也不可能成为世外桃源。但是园子内的生活始终是生气勃勃的，充满了活力的。民主的气氛，科学的传统，始终占着主导的地位。我同广大的清华校友一样，现在所以有这一点点知识，难道不就是在清华园中打下的基础吗？离开清华以后，我当然也学习了不少的新知识，但是在每一个阶段，只要我感觉到学习有所收获，我立刻想到清华园，没有在那里打下的基础，所有这一切都是不可能的。

　　但是清华园却不仅仅是像我的母亲，而且像一首美丽的诗，它永远占据着我的心灵。

又怎能不这样呢？清华园这名称本身就充满了诗意。它的自然风光又是无限的美妙。每当严冬初过，春的信息，在清华园要比别的地方来得早，阳光似乎比别的地方多。这里的青草从融化过的雪地里探出头来，我们就知道：春天已经悄悄地来了。过不了多久，满园就开满了繁花，形成了花山、花海。再一转眼间，就听到满园蝉声，荷香飘溢。等到蝉声消逝，荷花凋零，红叶又代替了红花，"霜叶红于二月花"。明月之夜，散步荷塘边上，能充分享受朱自清先生所特别欣赏的"荷塘月色"。待到红叶落尽，白雪渐飘，满园就成了银妆玉塑，"既然冬天已经到了，春天还会远吗？"我们就盼望春天的来临了。在这四时变换、景色随时改变的情况下，有一个永远不变的背景，那就是西山的紫气。"烟光凝而暮山紫"，唐朝王勃已在一千多年以前赞美过这美妙绝伦的紫色了。这样，清华园不是一首诗而是什么呢？

在人生的道路上，我已经走了不短的一段路。看来我要走的道路也还不会是很短很短的，对我来说，清华园这一副母亲的形象，这一首美丽的诗，将在我要走的道路上永远伴随着我，永远占据着我的心灵。

1981年1月23日

清华梦忆

人有人格，国有国格，校也有校格。

就以北大和清华而论，两校同为全国最高学府，共同之处当然很多；但是不同之处也颇突出。这就是所谓两校校格不同。

不同之处究竟何在呢？

这是一个大题目，恐怕开上几次国际研讨会，也难以说得明白的。我现在不揣简陋，聊陈己见。

整整 70 年前，在 1930 年，我从山东到北京（平）来考大学。来自五湖四海的五六千学生，心目中最高的目标就是北大和清华。但是这两所大学门槛是异常高的，往往是几十个学生中才能录取一个。我有幸两所大学都录取了。由于我幻想把自己这一个渺小粗陋的身躯镀上一层不管是多么薄的金子，好以此吓唬人，抢得一只好饭碗，而镀金只能出国留学，留学的机会清华比北大多一些。所以我就舍北大而取清华。

在清华住了一段时间以后，对清华的校格逐渐明确了，最后形成了初步的看法。我在北大有不少朋友，言谈之间，也了解到了北大的一些情况，于是对北大的校格也逐渐形成了一个明确的概念。我恍然小悟：两所大学的校格原来竟是有许多不同之处的。

我从小处谈起，先举一个小例子。在清华，呼唤服务的工人，一般都叫作"工友"。在北大，据说是叫"听差"。而在朝阳大学则是"茶房"。在清华，工人和教师、学生处于平等的地位上。在北大则处于主仆的地位。而在朝阳大学则是处于雇客与旅馆杂役的地位。这是一件十分细微的末节；然而却是多么生动，多么清楚，又多么耐人寻味。

其中原因，我认为，并不复杂。清华建立的基础是美国退还的庚子赔款，完全受美国的影响，受资本主义的影响，身上没有封建的包袱。而北大则是由京师大学堂转变成的，身上背着几千年的封建传统。好的方面是文化基础雄厚，坏的方面是封建主义严重。我听人说到过——据说这并不是笑话，北大初建时，学习西方，有体操一门课，聘请了专门的体操教员，这些人当然都是平头老百姓。而被他们训练的学生则很多都是世荫的二三品大员。教员发口令时，不敢明目张胆地喊出"立正！""稍息！"，于是想出了一个奇妙的办法，改变舶来的口令，大喊："老爷们立正！""老爷们稍息！"从这些小事儿也可以看出来，清华多的是资本主义，北大多的是封建主义。

但是，稍有一点辩证法常识的人都会知道，世间事物都是一分为二的。北大的封建主义也能产生好的效果，如果北大没有这样浓重的封建传统或者气氛，五四运动，即使是注定要爆发，也决不会是在北大。你能够想象清华会爆发反封建的五四运动吗？即使1919年清华已经建成了大学，而不是留美预备学校，这样的事情也决不会出现。人们常说，坏事变好事，北大的封建传统促成了改变中国面貌的启蒙运动，不正证实了这一句话吗？

五四运动对中国，特别是对中国学界，更特别是对北大，留下了深远的影响。北大学生继承了自东汉太学生起就有了的关心国家大事，天下兴亡、匹夫有责的爱国主义传统，对政治动向特别敏感，到了五四运动，达到了一个高潮。从那以后，历届学生运动几乎都从北大开始就是一个证明。在这方面，清华并不落后，"一二·九"运动就是一个生动的例证。在这一点上，清华与北大是有相同之处的。

我在清华待了四年，而在北大则已经待了五十四年，是清华的十几倍。我一直到今天还在不断考虑两校同异的问题。我一向不赞成西方那种以分析的思维模式为基础的一、二、三、四，A、B、C、D的分析方法，而垂青于中国的以综合的思维模式为基础的评断方法。中国古代月旦人物，品评艺术，都不采用分析的方法，而是选用几个简单的、生动的、形象的，看似模糊而实则内涵极为丰富的词语，形神毕具，给人以无量的暗示能力，给人以无限的想象活动的余地。根据这一条准则，我用四个字来表示清华的校格，这四个字是：清新俊逸。给北大的则是：凝重深厚。二者各有千秋，无所轩轾于其间。但二者是能够，也是必须互相学习的。这样做是互补的，两利的。谁要是想成为"老子天下第一"，那就必然会是"可怜无补费精神"。

以上是我对北大和清华两校校格的看法，也是我对两校的希望和祝福。

在母校将庆祝成立九十年华诞之际，《清华大学学报》(哲社版)的副主编刘石教授写信给我，要我写点纪念文字。这是我义不容辞的。但是，可写的东西真是太多太多了。想来想去，终于决定了写上面这一番怪论。我自己说它是"怪论"，这是我以退为进的手法，我是一点也不觉得它有什么"怪"的。如果我真正认为它怪，我就决不会写出来出自己的丑。我认为，这是我一家之言，是长期思考的结果。我希望能够在北大、清华两校找到一些知音。

2000 年 11 月 7 日

芝兰之室

我喜欢绿色的东西,我觉得,绿色是生命的颜色,即使是在冬天,我在屋里总要摆上几盆花草,如君子兰之类。旧历元旦前后,我一定要设法弄到几盆水仙,眼睛里看到的是翠绿的叶子,鼻子里闻到的是氤氲的幽香,我顾而乐之,心旷神怡。

今年当然不会是例外。友人送给我几盆水仙,摆在窗台上。下面是一张极大的书桌,把我同窗台隔开。大概是由于距离远了一点,我只见绿叶,不闻花香,颇以为憾。

今天早晨,我一走进书房,蓦地一阵浓烈的香气直透鼻官。我愕然一愣,一刹那间,我意识到,这是从水仙花那里流过来的。我坐下,照例爬我的格子。我在潜意识里感到,既然刚才能闻到花香,这就证明,花香是客观存在着的,而且还不会是瞬间的而是长时间的存在。可是,事实上,在那愕然一愣之后,水仙花香神秘地消逝了,我鼻子再也闻不到什么了。

这是什么原因呢？

我又陷入了想入非非中。

中国古代《孔子家语》中就有几句话："与善人居，如入芝兰之室，久而不闻其香，即与之化矣。"我在这里关心的不是"化"与"不化"的问题，而是"久而不闻其香"。刚才水仙花给我的感受，就正是"久而不闻其香"。可见这样的感受，古人早已经有了。

我常幻想，造化小儿喜欢耍点"小"——也许是"大"——聪明，给人们开点小玩笑。他（？它？她？）给你以本能，让你舌头知味，鼻子知香。但是，又不让你长久地享受，只给你一瞬间，然后复归于平淡，甚至消逝。比如那一位"老佛爷"慈禧，在宫中时，瞅见燕窝、鱼翅、猴头、熊掌，一定是大皱其眉头。然而，八国的"老外"来到北京，她仓皇西逃，路上吃到棒子面的窝头，味道简直赛过龙肝凤髓，认为是从未尝过的美味。她回到北京宫中以后，想再吃这样的窝头，可普天之下再也找不到了。

造化小儿就是使用这样的手法，来实施一种平衡的策略，使美味佳肴与粗茶淡饭，使帝后显宦与平头老百姓，等等，等等，都成为相对的东西，都受时间与地点的约束。否则，如果美味对一个人来说永远美，那么帝后显宦们的美食享受不是太长了吗？在芸芸众生中间不是太不平衡了吗？

对鼻官来说，水仙花还有芝兰的香气也只能作如是观，一瞬间，你获得了令人吃惊的美感享受。又一瞬间,香气虽然仍是客观存在,你的鼻子却再也闻不到了。

　　造化小儿玩的就是这一套把戏。

1998 年 2 月 1 日

第三章

同行师友知心

我觉得,
一个作家最重要的品德是
爱祖国、爱人民、爱人类。
在这"三爱"的基础上,
那些皇皇巨著才能有益于人,无愧于己。

怀念乔木

乔木同志离开我们已经一年多了。我曾多次想提笔写点儿怀念的文字，但都因循未果。难道是因为自己对这一位青年时代的朋友感情不深、怀念不切吗？不，不，绝不是的。正因为我怀念真感情深，我才迟迟不敢动笔，生怕亵渎了这一份怀念之情。到了今天，悲思已经逐步让位于怀念，正是非动笔不行的时候了。

我认识乔木是在清华大学。当时我不到20岁，他小我一岁，年纪更轻。我念外语系而他读历史系。我们究竟是怎样认识的，现在已经回忆不起来。总之我们认识了。当时他正在从事反国民党的地下活动（后来他告诉我，他当时还不是党员）。他创办了一个工友子弟夜校，约我去上课。我确实也去上了课，就在那一座门外嵌着清华学堂的高大的楼房内。有一天夜里，他摸黑坐在我的床头上，劝我参加革命活动。我虽然痛恶国民党，但是我觉悟低，又怕担风险，所以，尽管他苦口婆心，反复劝说，我这一块顽石愣是不点头。我仿佛看到他的眼睛在黑暗中闪光。最后，听他叹了一口气，离开了我的房间。早晨，在盥洗室中我们的脸盆里，往往能发现革命的传单，是手抄油印的。我们心里都明白，这是从哪里来的，但是没有一个人向学校领导去报告。从此相安无事，一直到一两年后，乔木为了躲避国民党的迫害，逃往南方。

此后，我在清华毕业后教了一年书，同另一个乔木（乔冠华，后来号南乔木，胡乔木号北乔木）一起到了德国，一住就是十年。此时，乔木早已到了延安，开始他那众所周知的生涯。我们完全走了两条路。恍如云天相隔，世事两茫茫了。

等到我1946年回国的时候，解放战争正在激烈进行。到了1949年，解放军终于开进了北京城。就在这一年的春夏之交，我忽然接到一封从中南海寄出来的信。信的开头就说："你还记得当年在清华时一个叫胡鼎新的同学吗？那就是我，今天的胡乔木。"我当然记得的，一缕怀旧之情蓦地萦上了我的心头。他在信中告诉我说，现在形势顿变，国家需要大量的研究东方问题、通东方语文的人才。他问我是否同意把南京东方语专、中央大学边政系一部分和边疆学院合并到北大来。我同意了。于是有一段时间，东语系是全北大最大的系。原来只有几个人的系，现在顿时熙熙攘攘，车马盈门，热闹非凡。

记得也就是在这之后不久，乔木到我住的翠花胡同来看我。一进门就说："东语系马坚教授写的几篇文章——《穆罕默德的宝剑》

等，毛先生很喜欢，请转告马教授。"他大概知道，我们不习惯于说毛主席，所以用了毛先生这一个词。我当时就觉得很新鲜，所以至今不忘。

到了1951年，我国政府派出了新中国成立后第一个大型的出国代表团——赴印缅文化代表团。乔木问我愿不愿意参加。我当然非常愿意，我研究印度古代文化，却没有到过印度，这无疑是一件憾事，现在天上掉下来一个良机，可以弥补这个缺憾了。于是我畅游了印度和缅甸，留下了毕生难忘的印象，这当然要感谢乔木。

但是，我是一个上不得台盘的人，我很怕见官。两个乔木都是我的朋友，现在都当了大官。我本来就不喜欢拜访人，特别是官，不管是多熟的朋友，也不例外。新中国成立初期，我曾请南乔木乔冠华给北大学生做过一次报告。记得送他出来的时候，路上遇到艾思奇，他们俩显然很熟识。艾说："你也到北大来老王卖瓜了！"乔说："只许你卖，就不许我卖吗？"彼此哈哈大笑。从此，我就再没有同乔冠华打过交道，同北乔木也过从甚少。

说句老实话，我这两个朋友，南北两乔木都没有官架子。我最讨厌人摆官架子，然而偏偏有人爱摆。这是一种极端的低级趣味的表现。我的政策是：先礼后兵。不管你是多么大的官，初见面时，我总是彬彬有礼。如果你对我稍摆官谱，从此我就不再理你，见了面也不打招呼。知识分子一向是又臭又硬的，反正我绝不想往上爬，我完全无求于你，你对我绝对无可奈何。官架子是抬轿子的人抬出来的，如果没有人抬轿子，架子何来？因此我憎恶抬轿子者胜于坐轿子者。如果有人说这是狂狷，我也只当秋风过耳边。

但是，乔木却绝不属于这一类的官。他的官越做越大，地位越来越高，被誉为党内的才子、大手笔，俨然执掌意识形态大权，名满天下。然而他并没有忘掉故人。特别是"文化大革命"以后，我们都有独自的经历。我们虽然没有当面谈过，但彼此心照不宣。他到我家来看过我，他的家我却是一次也没有去过。什么人送给他了上好的大米，他也要送给我一份。他到北戴河去休养，带回来了许多个儿极大的海螃蟹，也不忘记送我一筐。他并非百万富翁，这些可能都是他自己出钱买的。按照中国的老规矩：来而不往，非礼也。投桃报李，我本来应该回报点儿东西的，可我什么吃的东西也没有送给乔木过。这是一种什么心理呢？我自己并不清楚。难道是中国旧知识分子，优秀的知识分子那种传统心理在作怪吗？

1986年冬天，北大的学生有一些爱国活动，有一点儿不稳。乔木大概有点儿着急。有一天，他让我的儿子告诉我，他想找我谈一谈，了解一下真实的情况。但他不敢到北大来，怕学生们对他有什么行动，甚至包围他的汽车。问我愿不愿意到他那里去。我答应了。于是他把自己的车派来，接我和儿子、孙女到中南海他住的地方去。外面刚下过雪，天寒地冻。他住的房子极高极大，里面温暖如春。他全家人都出来作陪。他请他们和我的儿子、孙女到另外的屋子里去玩，只留我们两人，促膝而坐。开宗明义，他先声明："今天我们是老友会面。你眼前不是政治局委员，书记处书记，而是60年来的老朋友。"我当然完全理解他的意思，把我对青年学生的看法，竹筒倒豆子，和盘倒出，毫不隐讳。我们谈了一个上午，只是我一个人说话。我说的要旨其实非常简明：青年学生是爱国的。在上者和年长者唯一正确的态度是理解与爱护，诱导与教育。个别人过激的言行可以置之不理。最后，乔木说话了，他完全同意我的看法，说是要把我的意见带到政治局去。能得到乔木的同意，我心里非常痛快。他请我吃午饭，他们全家以夫人谷羽同志为首和我们祖孙三代围坐在一张非常大的圆桌旁。让我吃惊的是，他们吃得竟是这样菲薄，与一般人想象的什么山珍海味、燕窝、鱼翅，毫不沾边儿。乔木是一个什么样的官儿，也就一清二楚了。

　　有一次，乔木想约我同他一起到甘肃敦煌去参观。我委婉地回绝了。并不是我不高兴同他一起出去，我是很高兴的，但是，一想到下面对中央大员那种逢迎招待、曲尽恭谨之能事的情景，一想到那种高楼大厦、扈从如云的盛况，我那种上不得台盘的老毛病又发作了，我感到厌恶，感到腻味，感到不能忍受。眼不见为净，还是老老实实地待在家里为好。

　　最近几年来，乔木的怀旧之情好像愈加浓烈。他曾几次对我说：

"老朋友见一面少一面了！"我真是有点儿惊讶，我比他长一岁，还没有这样的想法哩。但是，我似乎能了解他的心情。有一天，他来北大参加一个什么展览会。散会后，我特意陪他到燕南园去看清华老同学林庚。从那里打电话给吴组缃，电话总是没有人接。乔木告诉我，在清华时，他俩曾共同参加了一个地下革命组织，很想见组缃一面，竟不能如愿。言下极为怏怏。我心里想：这次不行，下次再见嘛。焉知下次竟没有出现。乔木同组缃终于没能见上一面，就离开了人间。这也可以说是抱恨终天吧。难道当时乔木已经有了什么预感吗？

　　他最后一次到我家来，是老伴谷羽同志陪他来的。我的儿子也来了。后来谷羽和我的儿子到楼外同秘书和司机去闲聊，屋里只剩下了我同乔木两人。我一下回忆起几年前在中南海的会面。同一会面，环境迥异。那一次是在极为高大宽敞、富丽堂皇的大厅里，这一次却是在低矮窄小、又脏又乱的书堆中。乔木仍然用他那缓慢低沉的声调说着话。我感谢他签名送给我的诗集和文集。他赞扬我在学术研究中取得的成就，用了几个比较夸张的词。我顿时感到惶恐，觳觫不安。我说："你取得的成就比我大得多、多得多呀！"对此，他没有多说什么话，只是轻微地叹了一口气，慢声细语地说："那是另外一码事儿。"我不好再说什么了。谈话的时间不短了，话好像是还没有说完。他终于起身告辞。我目送他的车转过小湖，才慢慢回家。我哪里会想到，这竟是乔木最后一次到我家里来呢？

大概是在前年，我忽然听说乔木患了不治之症。我大吃一惊，仿佛当头挨了一棍。斯人也，而有斯疾也。难道天道真就是这个样子吗？我没有别的办法，只能寄希望于万一。这一次，我真想破例，主动到他家去看望他。但是，儿子告诉我，乔木无论如何也不让我去看他。我只好服从他的安排。要说心里不惦念他，那是根本不可能的。六十多年的老友，世界上没有几个了。

时间也就这样过去。去年八九月间，他委托他的老伴儿告诉我的儿子，要我到医院里去看他。我十分了解他的心情：这是要同我最后诀别了。我怀着沉重的心情，同儿子到了他住的医院里。病房同中南海他的住房同样宽敞高大，但我的心情却无论如何也不能同那一次进中南海相比，我这一次是来同老友诀别的。乔木仰面躺在病床上，嘴里吸着氧气。床旁还有一些点滴用的器械。他看到我来了，显得有点儿激动，抓住我的手，久久不松开。看来他知道，这是最后一次握老友的手了。但是，他神态是安详的，神志是清明的，一点儿没有痛苦的表情。他仍然同平常一样慢声慢气地说着话。他曾在《人物》杂志上读过我那《留德十年》的一些篇章，不知道为什么，他现在又忽然想了起来，连声说："写得好！写得好！"我此时此刻百感交集。我答应他全书出版后，一定送他一本。我明知道这只不过是空洞的谎言。这种空洞萦绕在我耳旁，使我自己都毛骨悚然。然而，我不说这个，又能说些什么呢？

这是我同乔木最后一次见面。过了不久，他就离开了人间。按照中国古代一些知识分子的做法，《留德十年》出版以后，我应当到他的坟上焚烧一本，算是送给他那在天之灵。然而，遵照乔木的遗嘱，他的骨灰都已撒到他革命的地方了，连一个骨灰盒都没有留下。他是赤条条来去无牵挂。然而，对我这后死者来说，却是极难排遣的。我面对这一本小书，泪眼模糊，魂断神销。

平心而论，乔木虽然表面上很严肃，不苟言笑，但他实则是一个正直的人，一个正派的人，一个感情异常丰富的人，一个脱离了低级趣味的人。60年的宦海风波，他不能无所感受，但是他对我半点儿也没有流露过。他大概知道，我根本不是此道中人，说了也是白说。

我同乔木相交60年。在他生前，对他我有意回避，绝少主动同他接近。这是我的生性使然，无法改变。他逝世后这一年多以来，不知道是为什么，我倒常常想到他。我像老牛反刍一样，回味我们60年交往的过程，顿生知己之感。这是我以前从来没有感到过的。现在我越来越觉得，乔木是了解我的。有知己之感是件好事，然而它却加浓了我的怀念和悲哀。这就难说是好是坏了。

随着自己年龄的增长，我现在越来越觉得，在人世间，后死者的处境是并不美妙的。年岁越大，先他而走的亲友越多，怀念与悲思在他心中的积淀也就越来越厚,厚到令人难以承担的程度。何况我又是一个感情常常超过需要的人,我心里的这一份负担就显得更重。乔木的死,无疑又在我的心灵中增加了一份极为沉重的负担。我有没有办法摆脱这一份负担呢?我自己说不出。我怅望窗外皑皑的白雪,想得很远,很远。

1993 年 11 月 28 日凌晨

悼念沈从文先生

去年有一天,老友肖离打电话告诉我,从文先生病危,已经准备好了后事。我听了大吃一惊,悲从中来。一时心血来潮,提笔写了一篇悼念文章,自诧为倚马可待,情文并茂。然而,过了几天,肖离又告诉我说,从文先生已经脱险回家。我心里一块石头落了地,又窃笑自己太性急,人还没去,就写悼文,实在非常可笑。我把那一篇"杰作"往旁边一丢,从心头抹去了那一件事,稿子也沉入书山稿海之中,从此"云深不知处"了。

到了今年,从文先生真正去世了。我本应该写点什么的,可是,由于有了上述一段公案,懒于再动笔,一直拖到今天。同时我注意到,像沈先生这样一个人,悼念文章竟如此之少,有点儿不太正常,我也有点儿不平。考虑再三,还是自己披挂上马吧。

我认识沈先生已经五十多年了,当我还是一个大学生的时候,我就喜欢读他的作品。我觉得,在所有并世的作家中,文章有独立风格的人并不多见。除了鲁迅先生之外,就是从文先生。他的作品,只要读上几行，立刻就能辨认出来，决不含糊。他出身于湘西的一个破落小官僚家庭，年轻时当过兵，没有受过多少正规的教育，他完全是自学成家。湘西那一片有点儿神秘的土地，其怪异的风土人情，通过沈先生的笔而大白于天下。湘西如果没有像沈先生这样的大作家和像黄永玉先生这样的大画家，恐怕一直到今天还是一片充满了神秘的 terra incognita（没有人了解的土地）。

我同沈先生打交道，是通过一件不大不小的事情。丁玲的《母亲》出版以后，我读了觉得有一些意见要说，于是写了一篇书评，刊登在郑振铎、靳以主编的《文学季刊》创刊号上。刊出以后，我听说，沈先生有一些意见。我于是立即写了一封信给他，同时请郑先生在《文学季刊》创刊号再版时，把我那一篇书评抽掉。也许就由于这一个不能算是太愉快的因缘，我们就认识了。我当时是一个穷学生，沈先生是著名的作家。社会地位，虽不能说如云泥之隔，毕竟差一大截子。可是他一点儿名作家的架子也不摆，这使我非常感动。他同张兆和女士结婚，在北京前门外大栅栏撷英番菜馆设盛大宴席，我居然也被邀请。当时出席的名流如云。证婚人好像是胡适之先生。

从那以后，有很长的时间，我们并没有多少接触。我到欧洲去住了将近11年。他在抗日烽火中在昆明住了很久，在西南联大任国文系教授。彼此音问断绝，他的作品我也读不到了。但是有时候，不知是出于什么原因，我在饥肠辘辘、机声嗡嗡中，竟会想到他。我还是非常怀念这一位可爱、可敬、淳朴、奇特的作家。

一直到1946年夏天，我回到祖国。这一年的深秋，我终于又回到了别离了十几年的北平。从文先生也于此时从云南复员来到北大，我们同在一个学校任职。当时我住在翠花胡同，他住在中老胡同，都离学校不远，因此我们也相距很近，见面的次数就多了起来。他曾请我吃过一顿相当别致、毕生难忘的饭——云南有名的汽锅鸡。锅是他从昆明带回来的，外表看上去像宜兴的紫砂，上面雕刻着花卉书法，古色古香，虽系厨房用品，然却古朴高雅，简直可以成为案头清供，与商鼎周彝斗艳争辉。

就在这一次吃饭时，有一件小事给我留下了深刻的印象。当时要解开一个用麻绳捆得紧紧的什么东西。只需用剪子或小刀轻轻地一剪一割，就能打开。然而从文先生却抢了过去，硬是用牙把麻绳咬断。这一个小小的举动，有点儿粗劲，有点儿蛮劲，有点儿野劲，有点儿土劲，并不高雅，并不优美。然而，它却完全透露了沈先生的个性。在达官贵人、高等华人眼中，这简直非常可笑，非常可鄙。可是，我欣赏的却正是这样一种劲头。我自己也许就是这样一个"土包子"，虽然同那一些只会吃西餐、穿西装、半句洋话也不会讲，偏又自认为是"洋包子"的人比起来，我并不觉得低他们一等。不是有一些人也认为沈先生是"土包子"吗？

还有一件小事,也使我忆念难忘。有一次我们到什么地方去游逛,可能是中山公园之类。我们要了一壶茶,我正要拿起壶来倒茶,沈先生连忙抢了过去,先斟出了一杯,又倒入壶中,说只有这样才能把茶味调得均匀。这当然是一件微不足道的小事,然而在琐细中不是更能看到沈先生的精神吗?

小事过后,来了一件大事:我们共同经历了北平的解放。在这个关键时刻,我并没有听说从文先生有逃跑的打算。他的心情也是激动的,虽然他并不故作革命状,以达到某种目的,他仍然是朴素如常。可是厄运还是降临到他头上来。一个著名的马列主义文艺理论家,在香港出版的一个进步的文艺刊物上,发表了一篇长文,题目大概是什么《文坛一瞥》之类,前面有一段相当长的修饰语。这一位理论家视觉似乎特别发达,他在文坛上看出了许多颜色。他"一瞥"之下,就把沈先生"瞥"成了粉红色的小生。我没有资格对这一篇文章发表意见,但是,沈先生好像是当头挨了一棒,从此被"瞥"下了文坛,销声匿迹,再也不写小说了。

一个惯于舞笔弄墨的人,一旦被剥夺了写作的权利,他心里是什么滋味,我说不清;他有什么苦恼,我也说不清。然而,沈先生并没有因此而消沉下去,文学作品不能写,还可以干别的事嘛。他是一个精力旺盛的人,他是一个闲不住的人,他转而研究起中国古代的文物来,什么古纸、古代刺绣、古代衣饰,等等,他都研究。

凭着他那一股惊人的钻研能力，过了没有多久，他就在新开发的领域内取得了可喜的成绩。他那一本讲中国服饰史的书，出版以后，洛阳纸贵，受到国内外一致的高度赞扬，他成了这方面的权威。他自己也写章草，又成了一名书法家。

有点儿讽刺意味的是，正当他手中写小说的笔被"瞥"掉的时候，从国外沸沸扬扬传来了消息，说国外一些人士想推选他做诺贝尔文学奖的候选人。我在这里着重声明一句，我们国内有一些人特别迷信诺贝尔奖，迷信的劲头，非常可笑。试拿我们中国没有得奖的那几位文学巨匠，同已经得奖的欧美一些作家来比一比，其差距简直有如高山与小丘。同此辈争一日之长，有这个必要吗！推选沈先生当候选人的事是否进行过，我不得而知。沈先生怎样想，我也不得而知。我在这里提起这一件事，只不过把它当作沈先生一生中一个小小的插曲而已。

我曾在几篇文章中都讲到，我有一个很大的缺点（优点？），我不喜欢拜访人。有很多可尊敬的师友，比如我的老师朱光潜先生、董秋芳先生等，我对他们非常敬佩，但在他们健在时，我很少去拜访。对沈先生也一样。偶尔在什么会上，甚至在公共汽车上相遇，我感到非常亲切，他好像也有同样的感情。他依然是那样温良、淳朴，时代的风风雨雨在他身上似乎没有留下什么痕迹，说白了就是没有留下伤痕。一谈到中国古代科技、艺术等，他就喜形于色，眉飞色舞，娓娓而谈，如数家珍，天真得像一个大孩子。这更增加了我对他的敬意。我心里曾几次动过念头：去看一看这一位可爱的老人吧！然而，我始终没有行动。现在人天隔绝，想见面再也不可能了。

有生必有死，是大自然的规律。我知道，这个规律是违抗不得的，我也从来没有想去违抗。古代许多圣君贤相，聪明一世，糊涂一时，想方设法，去与这个规律对抗，妄想什么长生不老，结果却事与愿违，空留下一场笑话。这一点我很清楚。但是，生离死别，我又不能无动于衷。古人云：太上忘情。我是一个微不足道的凡人，无论如何也做不到忘情的地步，只有把自己钉在感情的十字架上了。我自谓身体尚颇硬朗，并不服老。然而，曾几何时，宛如黄粱一梦，自己已接近耄耋之年。许多可敬可爱的师友相继离我而去。此情此景，焉能忘情？现在从文先生也加入到去者的行列。他一生安贫乐道，淡泊宁静，死而无憾矣。对我来说，忧思却着实难以排遣。像他这样一个有特殊风格的人，现在很难找到了。我只觉得大地茫茫，顿生凄凉之感。我没有别的本领，只能把自己的忧思从心头移到纸上，如此而已。

1988年11月2日写于香港中文大学会友楼

回忆梁实秋先生

我认识梁实秋先生，同他来往，前后也不过两三年，时间是很短的。但是，他留给我的回忆却是很长很长的。分别之后，到现在已经40年了。我仍然时常想到他。

1946年夏天，我在离开了祖国11年之后，受尽了千辛万苦，又回到了祖国的怀抱，到了南京。当时刚刚打败了日本侵略者，国民党的劫收大员正在全国满天飞，搜刮金银财宝，兴高采烈。我这一介书生，无条无理，手里没有几个钱，北京大学还没有开学，拿不到工资，住不起旅馆，只好借住在我小学同学李长之在"国立"编译馆的办公室内。他们白天办公，我就出去游荡，晚上回来，睡在办公桌上。早晨一起床，赶快离开。"国立"编译馆地处台城下面，我多半在台城上云游。什么鸡鸣寺、胭脂井，我几乎天天都到。再走远一点，出城就到了玄武湖。水光山色，风物怡人。但是我并没有多少闲情逸致来观赏风景。我的处境颇像旧戏中的秦琼，我心里琢磨的是怎样卖掉黄骠马。

我这样天天游荡，梦想有朝一日自己能安定下来，有一间房子，有一张书桌。别的奢望，一点儿没有。我在台城上面看到郁郁葱葱的古柳，心头不由得涌出了古人的诗：

江雨霏霏江草齐，
六朝如梦鸟空啼。
无情最是台城柳，
依旧烟笼十里堤。

这里讲的仅仅是六朝。从六朝到现在，又不知道有多少朝多少代过去了。古柳依然是葱茏繁茂，改朝换代并没有影响到它们的情绪。今天我站在古柳面前，一点儿也没有觉得它们无情，我觉得它们有情得很。我天天在六月的炎阳下奔波游荡，只有在台城古柳的浓荫下才能获得片刻的清凉，让我能够坐下来稍憩一会儿。我难道不该感激这些古柳而还说三道四吗？

又过了一些时候，有一天长之告诉我，梁实秋先生全家从重庆复员回到南京了。梁先生也在"国立"编译馆工作。我听了喜出望外。我不认识梁先生，论资排辈，他大我十几岁，应该算是我的老师。他的文章，我在清华大学读书时就读过不少，很欣赏他的文才，对他潜怀崇敬之情。万万没有想到竟在南京能够见到他。见面之后，立刻对他的人品和谈吐十分倾倒。没有经过什么繁文缛节，我们成了朋友。我记得，他曾在一家大饭店里宴请过我。梁夫人和三个孩子：文茜、文蔷、文骐，都见到了。那天饭菜十分精美，交谈更是异常愉快，给我留下了深刻的印象，至今忆念难忘。我自谓尚非馋嘴之辈，可为什么独独对酒宴记得这样清楚呢？难道自己也属于饕餮大王之列吗？这真叫作没有法子。

新中国成立前夕，实秋先生离开了北平，到了台湾，文茜和文骐留下没有走。在那极"左"的年代，有人把这一件事看得大得不得了。现在看来，也没有什么了不起的。一个人相信马克思主义，这当然很好，这说明他进步；一个人不相信，或者暂时不相信，他也完全有自由，这也绝非反革命。我自己过去不是也不相信马克思主义吗？从来就没有哪一个人一生下来就是马克思主义者，连马克思本人也不是，遑论他人。我们今天知人论事，要抱实事求是的态度。

至于说梁实秋同鲁迅有过一些争论，这是事实。是非曲直，暂作别论。我们今天反对对任何人搞"凡是"，对鲁迅也不例外。鲁迅是一个伟大人物，这谁也否认不掉。难道因为他对梁实秋有过批评意见，梁实秋这个人就应该永远打入十八层地狱吗？

实秋先生活到耄耋之年。他的学术文章，功在人民，海峡两岸，有目共睹，谁也不会有什么异辞。我想特别提出一点来说一说。他到了老年，同胡适先生一样，并没有留恋异国，而是回到台湾定居。这充分说明，他是热爱我们祖国大地的。至于他的为人，毫无架子，像对我和李长之这样年轻一代的人，竟也平等对待，态度真诚和蔼、更令人难忘。这种作风，即使不是绝无仅有，也总算是难能可贵。对我们今天已经成为前辈的人，不是很有教育意义吗？

去年，他的女儿文茜和文蔷奉父命专门来看我。我非常感动，知道他还没有忘掉我。这勾起我回忆往事。回忆虽然如云如烟，但是感情却是非常真实的。我原期望还能在大陆见他一面，不意他竟尔仙逝。我非常悲痛，想写点儿什么，终未果。去年，他的夫人从台湾来北京举行追思会。我正在南京开会，没能亲临参加，只能眼望台城，临风凭吊。我对他的回忆将永远保留在我的心中，直至我不能回忆为止。我的这一篇短文，他当然无法看到了。但是，我仿佛觉得，而且痴情希望，他能看到。40年音问未通，这是仅有的一次，也是最后一次通音问了。悲夫！

1988年3月26日

他实现了生命的价值
——悼念朱光潜先生

听到孟实先生逝世的消息,我的心情立刻沉重起来。这消息对我并不突然,因为他毕竟是快九十岁的人了,而且近几年来,身体一直不好。但是,如果他能再活上若干年,对我国的学术界,对我自己,不是更有好处吗?

现在,在北京大学内外,还颇有一些老先生可以算作我的师辈。因为,我当学生的时候,他们已经是教授了。但是,我真正听过课的老师,却只剩下孟实先生一人。按旧日的习惯,我应该称他为业师。在今天的新社会中,师生关系内容和意义都有了一些改变。但是,尊师重道仍然是我们要大力提倡的。我对于我这一位业师,一向怀有深深的敬意。而今以后,这敬意的接受者就少掉重要的一个了。

五十多年前,我在清华大学西洋文学系念书。我那时是二十岁上下。孟实先生是北京大学的教授,在清华大学兼课,年龄大概三十四五岁吧。他只教一门文艺心理学，实际上就是美学，这是一门选修课。我选了这一门课，认真地听了一年。当时我就感觉到，这一门课非同凡响，是我最满意的一门课，比那些英、美、法、德等国来的外籍教授所开的课好到不能比的程度。朱先生不是那种口若悬河的人，他的口才并不好，讲一口带安徽味的蓝青官话，听起来并不"美"。看来他不是一个演说家，讲课从来不看学生，两只眼向上翻，看的好像是天花板上或者窗户上的某一块地方。然而却没有废话，每一句话都清清楚楚。他介绍西方各国流行的文艺理论，有时候举一些中国旧诗词作例子，并不牵强附会，我们一听就懂。对那些古里古怪的理论，他确实能讲出一个道理来，我听起来津津有味。我觉得，他是一个有学问的人、一个在学术上诚实的人，他不哗众取宠，他不用连自己都不懂的"洋玩意儿"去欺骗、吓唬年轻的中国学生。因此，在开课以后不久，我就爱上了这一门课，每周上课，成为我的乐趣了。

孟实先生在课堂上介绍了许多欧洲心理学家和文艺理论家的新理论，比如李普斯的感情移入说，还有什么人的距离说等等。他们从心理学方面，甚至从生理学方面来解释关于美的问题。其中有不少理论我觉得是有道理的，一直到今天我仍然记忆不忘。要说里面没有唯心主义成分，那是不能想象的。但是资产阶级的科学家，只要是一个有良心、不存心骗人的人，他总是会在不同程度上正视客观实际的,他的学说总会有合理成分的。我们倒洗澡水不应该连婴儿一起倒掉。达尔文和爱因斯坦难道不是资产阶级的科学家吗?但是,你能说,他们的学说完全不正确吗?我们过去有一些人习惯用贴标签的办法来处理学术问题,把极其复杂的学术问题过分地简单化了。这不利于学术的发展。这种倾向到了"十年浩劫"期间,在"四人帮"的煽动下,达到了骇人听闻的荒谬的程度。"四人帮"竟号召对相对论一窍不通的人来批判爱因斯坦,成为千古笑谈。孟实先生完全不属于这一类人。他老老实实,本本分分,自己认识到什么程度,就讲到什么程度,一步一个脚印,无形中影响了学生。

离开清华以后,我出国一住就是十年。在这期间,国内正在奋起抗日,国际上则是第二次世界大战。"烽火连八年,家书抵万金"。在一段相当长的时间内,我完全同祖国隔离,什么情况也不知道,1946年回国,立即来北大工作。那时孟实先生也转来北大。他正编一个杂志,邀我写文章。我写了一篇介绍《五卷书》的文章,发表在那个杂志上。他住的地方离我的住处不远。他的办公室(他当时是西方语言文学系主任,我是东方语言文学系主任)和我的办公室相隔也不远。但是我无论如何也回忆不起来,我曾拜访过他。说起来似乎是件怪事,然而却是事实。现在恐怕有很多人认为我是什么"社会活动家"。其实我的性格毋宁说是属于孤僻一类,最怕见人。我的老师和老同学很多,我几乎是谁都不拜访。天性如此,无可奈何，而今就是想去拜访孟实先生，也完全不可能了。

我因为没有在重庆或者昆明待过，对于抗战时期那里的情况完全不了解。对于朱先生当时的情况也完全不清楚。到了北平以后，听了三言两语，我有时候也同几个清华的老同学窃窃私议过。到了1949年北平解放前夕，按朱先生的地位，他完全有资格乘南京派来的专机离开祖国大陆。然而他没有这样做，他毅然留了下来，等待北平的解放。其中过程细节，我完全不清楚。然而这件事却给我留下了深刻的印象：朱先生毕竟是经受住了考验，选择了一条唯一正确的道路。

我常常想，在新中国成立前，中国的知识分子大概分为三类：先知先觉的、后知后觉的、不知不觉的。第一类是少数，第三类也是少数。孟实先生（还有我自己），在政治上不是先知先觉；但又绝非不知不觉。爱国无分少长，革命难免先后，这恐怕是一条规律。孟实先生同一大批旧社会来的知识分子一样，经过了几十年的观察与考验、前进和停滞，既走过阳关大道，也走过独木小桥，最终还是认识了真理，认为共产党指出的道路是唯一正确的，因而坚定不移地在这一条路上走下去。孟实先生有一些情况我原来并不清楚。只是到了前几年，我读到他在抗战期间从重庆给周扬同志写的一封信，我才知道，他对国民党并不满意，他也向往延安。我心中暗自谴责：我没有能全面了解孟实先生。总之，我认为，孟实先生一生是大节不亏的。他走的道路是一切正直的中国知识分子都应该走的道路。

这一条道路当然也绝不会是平坦的。三十多年来，风风雨雨，几乎所有的老知识分子都在风雨中经受磨炼。最突出的例子当然是"十年浩劫"。孟实先生被关进了牛棚。我是自己"跳"出来的，一跳也就跳进了牛棚。想不到几十年前的师生现在成了"同棚"。牛棚生活不是三言两语所能说清的，在这里暂且不谈。孟实先生在棚里的一件小事，我却始终忘记不了。他锻炼身体有一套方术，大概是东西均备，佛道沟通。在那种阴森森的生活环境中，他居然还在锻炼身体，我实在非常吃惊，而且替他捏一把汗。晚上睡下以后，我发现他在被窝里胡折腾，不知道搞一些什么名堂。早晨他还偷跑到一个角落里去打太极拳一类的东西。有一次被"监改人员"发现了，大大地挨了一通批。在这些"大老爷"眼中，我们锻炼身体是罪大恶极的。这是一件微不足道的小事，然而它的意义却不小。从中可以看出，孟实先生对自己的前途没有绝望，对我们的事业也没有绝望，他执着于生命，坚决要活下去。否则的话，他尽可以像一些别的难兄难弟一样，破罐子破摔算了。说老实话，我在当时的态度实在比不上他。这一件事，我从来没有同他谈起过，只是暗暗地记在心中。

"四人帮"垮台以后，天日重明，孟实先生以古稀之年，重又精神抖擞，从事科研、教学和社会活动。他的生活异常地有规律。每天早晨，人们总会看到一个瘦小的老头在大图书馆前漫步。在工作方面，他抓得非常紧，他确实达到了壮心不已的程度。他译完了黑格尔的美学，又翻译维柯的著作。这些著作内容深奥，号称难治，能承担这种翻译工作的，并世没有第二人，孟实先生以他渊博的学识和湛深的外语水平，兢兢业业，勤勤恳恳，争分夺秒，锲而不舍，"焚膏油以继晷，恒兀兀以穷年"，终于完成了这项艰巨的工作，给我们留下了宝贵的财富，得到了学术界普遍的赞扬。

孟实先生学风谨严，一丝不苟，谦虚礼让，不耻下问。他曾多次问到我关于古代印度宗教的问题。他对中外文学都有精湛的研究，这是学术界公认的。他的文笔又流利畅达，这也是学者中间少有的。思想改造运动时，有人告诉我他喜欢读朱先生写的自我批评的文章。我当时觉得非常可笑：这是什么时候呀，你居然还有闲情逸致来欣赏文章！然而这却是事实，可见朱先生的文章感人之深。他研究中外文艺理论，态度同样严肃认真。他翻译外国名著，也是句斟字酌，不轻易下笔。严复说："一名之立，旬月踟蹰。"我在朱先生身上也发现了这种认真负责的态度。新中国成立后，他努力学习辩证唯物主义和历史唯物主义，并以此指导自己的研究工作，给我们树立了榜样。

现在，孟实先生离开了我们。他一生执着追求，没有偷懒。将近九十年的漫长的道路，走过来并不容易。峰回路转，柳暗花明，他都碰到过。顺利与挫折，他都经受过。但是，他在千辛万苦之后，毕竟找到了真理，热爱祖国，热爱社会主义，找到了一个中国知识分子的最好的归宿。现在人们常谈生命的价值；我认为，孟实先生是实现了生命的价值的。

听到孟实先生逝世的消息时，我并没有流泪，但是在写这篇短文时，却几次泪如泉涌。生生死死，自然规律，任何人也改变不了。古人说："大块劳我以生，息我以死。"孟实先生，安息吧！你的形象将永远留在你这一个年迈而不龙钟的学生的心中。

1986年3月

我的朋友臧克家

　　我只是克家同志的最老的老朋友之一，我们的友谊已经有六十多年了。我们中国评论一个人总是说道德文章，把道德摆在前边，这是我们中华民族优秀文化的表现之一，跟西方不一样。那么我就根据这个标准，把过去的六十多年，克家给我的印象讲一讲。

　　第一个讲道德。克家曾在一首诗里说过，一个叫责任感，一个叫是非感，我觉得道德应该从这地方来谈谈。是非、责任，不是小是小非，而是大是大非。什么叫大是大非呢？大是大非就是关系到我们祖国，关系到我们人民，关系到世界，也就是要拥护社会主义，拥护共产主义，这是大是大非。我觉得责任也在这个地方，克家在过去的七十多年中，尽管我们国内的局势变化万千，可是克家始终没有落伍，能够跟得上我们时代的步伐，我觉得这是非常难得的。这就是大是大非，就是重大的责任。我觉得从这地方来看，克家是一个真正的人。至于个人，他给我的印象是一个像火一样热情的诗人，对朋友忠诚可靠，终生不渝，这也是非常难得的。关于道德，我就讲这么几句。

关于文章呢，这就讲外行话了。当年我在清华大学念书时，就读到克家的《烙印》《罪恶的黑手》。我不是搞中国文学的，但我有个感觉，就是克家作诗受了闻一多先生的影响。我一直到今天，作为一个诗的外行来讲，我觉得作诗、写诗，既然叫诗，就应该有形式。那种没形式的诗，愧我不才，不敢苟同。克家一直重视诗，我觉得这里边有我们中国文化的传统。我们中国的语言有一个特点，就是讲炼字、炼句，这个问题，在欧洲也不能说没有，不过不像中国这么普遍，这样深刻。过去文学史上传来许多佳话，像"云破月来花弄影"那个"弄"字，"红杏枝头春意闹"那个"闹"字，"春风又绿江南岸"那个"绿"字。可惜的是炼字这种功夫现在好像一些年轻人不大注意了。文字是我们写作的工具。我们写诗、写文章必须知道我们使用的工具的特点，莎士比亚用英文写作，英文就是他的工具。歌德用德文写作，德文就是他的工具。我们使用汉字，汉字就是我们的工具。可现在有些作家，特别是诗人，忘记了他的工具是汉字。是汉字，就有炼字、炼句的问题，这一点不能不注意。克家呢，我觉得他一生在这方面倾注了很多的心血，而且获得了很大的成功。克家的诗我都看过，可是我不敢赞一词，我只想从艺术性来讲。我觉得克家对这方面非常重视。这个问题非常重要，我因此就想到一个问题，可这个问题太大了，但我还想讲一讲。我觉得我们过去多少年来研究中国文学史，特别是古典文学，好像我们对政治性很重视，这个应该。可是对艺术性呢，我觉得重视得很不够。大家打开今天的文学史看看，讲政治性，讲得好像最初也不是那么深刻，一看见"人民"这样的词、类似"人民"这样的词，就如获至宝；对艺术性，则三言两语带过，我觉得这是很不妥当的。一篇作品，不管是诗歌还是小说，艺术性跟思想性总是辩证统一的，强调一方面，丢掉另外一方面是不全面的。因此我想到，是不是我们今天研究文学的，特别是研究古典文学的，应该在艺术性方面更重视一点儿。我甚至想建议：重写我们的文学史。现在流行的许多文学史都存在着我说的这个毛病。我觉得，真正的文学史不应该是这个样子。

我祝我的老朋友克家九十、一百、一百多、一百二十，他的目标是一百二十，所以我想祝他长寿！健康！

1994 年 10 月 18 日

我记忆中的老舍先生

老舍先生含冤逝世已经二十多年了。在这一段相当长的时间内，我经常想到他，想到的次数远远超过我认识他以后直至他逝世的三十多年。每次想到他，我都悲从中来。我悲的是中国失去一个热爱祖国、热爱人民的正直的大作家，我自己失去一位从年龄上来看算是师辈的和蔼可亲的老友。目前，我自己已经到了晚年，我的内心再也承受不住这一份悲痛，我也不愿意把它带着离开人间。我知道，原始人是颇为相信文字的神秘力量的，我从来没有这样相信过。但是，我现在宁愿做一个原始人，把我的悲痛和怀念转变成文字。也许这悲痛就能突然消逝掉，还我心灵的宁静，岂不是天大的好事吗？

我从高中时代起，就读老舍先生的著作，什么《老张的哲学》《赵子曰》《二马》，我都读过。到了大学以后，以及离开大学以后，只要他有新作出版，我一定先睹为快，什么《离婚》《骆驼祥子》，等等，我都认真读过。最初，由于水平的限制，他的著作我不敢说全都理解。可是我总觉得，他同别的作家不一样。他的语言生动幽默，是地道的北京话，间或也夹上一点儿山东俗语。他没有许多作家那种忸怩作态，让人读了感到浑身难受的非常别扭的文体，一种新鲜活泼的力量跳动在字里行间。他的幽默也同林语堂之流的那种着意为之的幽默不同。总之，老舍先生成了我毕生最喜爱的作家之一，我对他怀有崇高的敬意。

但是，我认识老舍先生却完全出于一个偶然的机会。30年代初，我离开了高中，到清华大学来念书。当时老舍先生正在济南齐鲁大学教书。济南是我的老家，每年暑假我都回去。李长之是济南人，他是我的唯一的一个小学、中学、大学三连贯的同学。有一年暑假，他告诉我，他要在家里请老舍先生吃饭，要我作陪。在旧社会，大学教授架子一般都非常大，他们与大学生之间宛然是两个阶级。要我陪大学教授吃饭，我真有点儿受宠若惊。及至见到老舍先生，他却全然不是我心目中的那种大学教授。他谈吐自然，蔼然可亲，一点儿架子也没有，特别是他那一口地道的京腔，铿锵有致，听他说话，简直就像是听音乐，是一种享受。从那以后，我们就算是认识了。

以后是激烈动荡的几十年。我在大学毕业以后，在济南高中教了一年国文，就到欧洲去了，一住就是11年。中国胜利了，我才回来，在南京住了一个暑假。夜里睡在"国立"编译馆长之的办公桌上；白天没有地方待，就到处云游，什么台城、玄武湖、莫愁湖，等等，我都游了一个遍。老舍先生好像同"国立"编译馆有什么联系，我常从长之口中听到他的名字，但是没有见过面。到了秋天，我也就离开了南京，乘海船绕道秦皇岛，来到北平。

以后又是更为激烈震荡的三年。用美式装备武装到牙齿的国民党反动军队，被彻底消灭，蒋介石一小撮逃到台湾去了。中国人民苦斗了一百多年，终于迎来了解放的春天。我们这一群知识分子都亲身感受到，我们确实已经站起来了。就在这样的情况下，我在当时所谓的故都又会见了老舍先生，距上第一次见面已经有二十多年了。

我现在已经记不清楚我们重逢时的情景，但是我却清晰地记得起50年代初期召开的一次汉语规范化会议时的情景。当时语言学界的知名人士以及曲艺界的名人都被邀请参加，其中有侯宝林、马增芬姐妹，老舍先生、叶圣陶先生、罗常培先生、吕叔湘先生、黎锦熙先生等都参加了。这是新中国成立后语言学界的第一次盛会。当时还没有达到会议成灾的程度，因此大家的兴致都很高，会上的气氛也十分亲切融洽。

有一天中午，老舍先生忽然建议，要请大家吃一顿地道的北京饭。大家都知道，老舍先生是地道的北京人，他讲的地道的北京饭一定会是非常地道的，都欣然答应。老舍先生对北京人民生活之熟悉，是众所周知的。有人戏称他为北京土地爷。他结交的朋友，三教九流都有。他能一个人坐在大酒缸旁，同洋车夫、旧警察等旧社会的下等人，开怀畅饮，亲密无间，宛如亲朋旧友，谁也感觉不到他是大作家、名教授、留洋的学士。能做到这一步的，并世作家中没有第二人。这样一位老北京想请大家吃北京饭，大家的兴致哪能不高涨起来呢？商议的结果是到西四砂锅居去吃白煮肉，当然是老舍先生做东。从饭馆的经理一直到小伙计都是他的好朋友，因此饭菜极佳，服务周到。大家尽兴地饱餐了一顿。虽然是一顿简单的饭，然而却令人毕生难忘。当时参加宴会今天还健在的叶老、吕先生大概还都记得这一顿饭吧。

还有一件小事，也必须在这里提一提。忘记了是哪一年了，反正我还住在城里翠花胡同，没有搬出城外。有一天，我到东安市场北门对门的一家著名的理发馆里去理发，猛然瞥见老舍先生也在那里，正躺在椅子上，下巴上白糊糊的一团肥皂泡沫，正让理发师刮脸。这不是谈话的好时机，只寒暄了几句，就什么也不说了。等我坐在椅子上时，从镜子里看到他跟我打招呼，告别，看到他的身影走出门去。我理完发要付钱时，理发师说，老舍先生已经替我付过了。这样芝麻绿豆的小事殊不足以见老舍先生的精神，但是，难道也不足以见他这种细心体贴人的心情吗？

老舍先生的道德文章，光如日月，巍如山斗，用不着我来细加评论，我也没有那个能力。我现在写的都是一些小事。然而小中见大，于琐细中见精神，于平凡中见伟大，豹窥一斑，鼎尝一脔，不也能反映出老舍先生整个人格的一个缩影吗？

中国有一句俗话：好死不如赖活着。这一句话道出了一个真理：一个人除非万不得已，绝不会自己抛掉自己的生命。印度梵文中死这个动词，变化形式同被动态一样。我一直觉得非常有趣，非常有意思。印度古代语法学家深通人情，才创造出这样一个形式。死几乎都是被动的，有几个人主动地去死呢？老舍先生走上自沉这一条道路，必有其不得已之处。有人说，人在临死前总会想到许多许多东西的，他会想到自己的一生的。可惜我还没有这个经验，只能在这里胡思乱想。当老舍先生徘徊在湖水岸边决心自沉时，眼望湖水茫茫，心里悲愤填膺，唤天天不应，唤地地不答，悠悠天地，仿佛只剩下自己孤身一人，他会想到自己的一生吧！这一生是忠诚于祖国、忠诚于人民的一生，然而到头来却落到这等地步。为什么呢？究竟是为什么呢？如果自己留在美国不回来，著书立说，优游自在，洋房、汽车、声名禄利，无一缺少，舒舒服服地过一辈子，说不定能寿登耄耋，富埒王侯。他不是为了热爱自己的祖国母亲，才毅然历尽艰辛回来的吗？是今天祖国母亲无法庇护自己那远方归来的游子了呢，还是不愿意庇护了呢？我猜想，老舍先生绝不会埋怨自己的祖国母亲，祖国母亲永远是可爱的，在任何情况下都是可爱的。他也绝不会后悔回来的。但是，他确实有一些问题难以理解，他只有横下一条心，一死了之。这样的问题，我们今天又有谁能够理解呢？我想，老舍先生还会想到自己院子里种的柿子树和菊花。他当然也会想到自己的亲人，想到自己的朋友。所有这一些都是十分美好可爱的。对于这一些，难道他就一点儿也不留恋吗？绝不会的，绝不会。但是，有一种东西哽在他的心中，像大毒蛇缠住了他。他只能纵身一跳，投入波心，让弥漫的湖水给自己带来解脱了。

两千多年以前，屈原自沉于汨罗江。他行吟泽畔，心里想的恐怕同老舍先生有类似之处吧。他想道：蝉翼为重，千钧为轻；黄钟毁弃，瓦釜雷鸣。他又想道：世人皆浊我独清，众人皆醉我独醒。难道老舍先生也这样想过吗？这样的问题，有谁能够答复我呢？恐怕到了地球末日，也没有人能答复了。我在泪眼模糊中，看到老舍先生戴着眼镜，在和蔼地对我笑着；我耳朵里仿佛听到了他那铿锵有节奏的北京话。我浑身颤抖，连灵魂也在剧烈地震动。

呜呼！我欲无言。

1987 年 10 月 1 日晨

我和济南
——怀鞠思敏先生

说到我和济南,真有点儿不容易下笔。我6岁到济南,19岁离开,一口气住了13年之久,说句夸大点儿的话,济南的每一寸土地都会有我的足迹。现在时隔50年,再让我来谈济南,真如古话所说的,一部十七史不知从何处说起了。

我想先谈一个人,一个我永世难忘的人,这就是鞠思敏先生。

我少无大志。小学毕业以后,不敢投考当时大名鼎鼎的一中,觉得自己只配入破正谊,或者烂育英。结果我考入了正谊中学,校长就是鞠思敏先生。

同在小学里一样,我在正谊也不是一个用功勤奋的学生。从年龄上来看,我是全班最小的之一,实际上也还是一个孩子。上课之余,多半是到校后面大明湖畔去钓蛙、捉虾。考试成绩还算可以,但是从来没有考过甲等第一名、第二名。对这种情况我根本就不放在心上。

但是鞠思敏先生却给了我极其深刻的印象。他个子魁梧,步履庄重,表情严肃却又可亲。他当时并不教课,只是在上朝会时,总是亲自对全校学生讲话。这种朝会可能是每周一次或者多次,我已经记不清楚。他讲的也无非是处世待人的道理,没有什么惊人之论。但是从他嘴里讲出来,那缓慢而低沉的声音,认真而诚恳的态度,真正打动了我们的心。在以后长达几十年中,我每每回忆这种朝会,每一回忆,心里就油然生起幸福之感。

以后我考入山东大学附设高中,校址在北园白鹤庄,一个林木茂密、绿水环绕、荷池纵横的好地方。这时,鞠先生给我们上课了,他教的是伦理学,用的课本就是蔡元培的《中国伦理学史》。书中道理也都是人所共知的,但是从他嘴里讲出来,似乎就增加了分量,让人不得不相信,不得不去遵照执行。

鞠先生不是一个光会卖嘴皮子的人。他自己的一生就证明了他是一个言行一致、极富有民族气节的人。听说日本侵略者占领了济南以后,慕鞠先生大名,想方设法,劝他出来工作,以壮敌伪的声势。但鞠先生总是严加拒绝。后来生计非常困难,每天只能吃开水泡煎饼,加上一点儿咸菜,这样来勉强度日,终于在忧患中郁郁逝世。他没有看到祖国的光复,更没有看到祖国的解放。对他来说,这是天大的憾事。我也在离开北园以后,没有能再看到鞠先生,对我来说,这也是天大的憾事。这两件憾事都已成为铁一般的事实,我将为之抱恨终天了。

然而鞠先生的影像却将永远印在我的心中，时间愈久，反而愈显得鲜明。他那热爱青年的精神，热爱教育的毅力，热爱祖国的民族骨气，我们今天处于社会主义建设中的中国人民，不是还要认真去学习吗？我每次想到济南，必然会想到鞠先生。他自己未必知道，他有这样一个当年认识他时还是一个小孩子，而今已是皤然一翁的学生，在内心里是这样崇敬他。我相信，我绝不是唯一的这样的人，在全济南，在全山东，在全中国，还不知道有多少人怀有同我一样的感情。在我们这些人的心中，鞠先生将永远是不死的。

1982 年 10 月 12 日

悼巴老

巴金老人离开我们,走了,永远永远地走了。此事本在意内,因为他因病卧床不起有年矣。但又极出意外,因为,只要他还有一口气活着,一盏明灯就会照亮中国的文坛,鼓励人们前进,鼓励人们向上。

论资排辈,巴老是我的师辈,同我的老师郑振铎是一辈人。我在清华读书时,就已经读过他的作品,并且认识了他本人。当时,他是一个大作家,我是一个穷学生。然而他却一点儿架子都没有,不多言多语,给人一个老实巴交的印象,这更引起了我的敬重。

我觉得,一个作家最重要的品德是爱祖国、爱人民、爱人类。在这"三爱"的基础上,那些皇皇巨著才能有益于人,无愧于己。

巴老一生创作了大量的作品,在国内外广泛流传。特别是他晚年那些随笔,爱国爱民的激情,炽燃心中,而笔锋又足以力透纸背,更引起了广泛的注意和反响。

巴老,你永远永远地走了。你的作品和人格却会永远永远地留下来。在学习你的作品时,有一个人绝不会掉队,这就是95岁的季羡林。

悼念曹老

几个月以前,北京大学召开了庆祝曹老(靖华)90华诞座谈会。我参加了,发了言。我说,曹老的道德文章,可以为人师表。《关东文学》编辑部的同志要我写一篇祝贺文章,我答应了,立即动笔。但是,只写了一半,便有西安、香港之行,没有来得及写完。回京以后,听到曹老病情转恶。但我立刻又有北戴河之行,没能到医院去看望他。不意他竟尔仙逝。老辈学人中又弱一个,给我连年来对师友的悼念又增添一份沉重的力量,让我把祝贺文章腰斩,来写悼念文字,不禁悲从中来了。

记得大约在四年以前,我还在学校工作,曹老的家属从医院打电话给学校领导,说曹老病危,让学校派人去见"最后一面"。我奉派前往,看到他的病并不"危",谈笑风生。我当时心情十分矛盾,把眼泪硬压在内心里,陪他谈笑。他不久就出了院,而且还参加了一个在京西宾馆召开的会。我们见面,彼此兴奋。我一想到"最后一面",心里就觉得非常有趣。他则怡然坦然,坐在台阶上,同我谈话。以后，听说他又进了医院，出出进进，记不清有多少次了。时光流逝，一晃就是几年，他终于度过了自己的90周岁诞辰。我原以为他还能奇迹般地出出进进几次，而终无危险，向着百岁迈进；可他终于一病不起了。

同很多人一样，我认识曹老有一个曲折的过程。我是先读他的书，然后闻知他的英勇事迹，最后才见面认识。我在大学读书期间，曾读过曹老的一些翻译作品。1946年夏天，我在离开祖国11年之后，终于经历了千辛万苦，回到了祖国的怀抱里。我当时心情十分矛盾，一个年轻的游子又回到母亲跟前，心里感到特别温暖。但是在所谓的胜利之后，国民党的"劫收"大员，像一群蝗虫，无法无天，乱抢乱夺。我又不禁忧从中来。我在上海停留期间，夜里睡在克家的榻榻米上，觉得其乐无穷。有一天，忽然听到传闻，国民党警察在南京下关车站蛮横地毒打了进京请愿的进步人士，其中就有曹老。从此，曹靖华（我记得当时是曹联亚）这个名字就深深地印在我的记忆中了。

一直到新中国成立后，我才在北京大学见到曹老。他在俄语系工作，我在东语系。由于行当不同，接触并不多。但是，他留给我的印象是非常好的。他长我14岁，论资排辈，他应该算是我的老师。他为人淳朴无华，待人接物，诚挚有加，彬彬有礼，给人以忠厚长者的印象。他不愧是中国旧文化精华的一个代表人物，同他交往，如坐春风化雨之中。

但是，这只是他性格的一个方面。在另一方面，他却如金刚怒目，对待反动派决不妥协。他通过翻译苏联的革命文学，哺育了一代代的革命新人。他的功绩将永远为中国人民所记忆。而他自己也以身作则。早年他冒风险同鲁迅先生交往，支持人民的正义斗争，坚贞不屈，数十年如一日，终于经历了严霜烈日，走过了不知多少独木小桥，迎来了次第春风。他真正做到了"横眉冷对千夫指，俯首甘为孺子牛"。

在以后长达几十年的交往中，我对他的敬意与日俱增。有很长的一段时间，他是《世界文学》的主编，我是编委之一。每隔几个月，总要召开一次编委会，大家放言高论，其乐融融。新中国成立后，我参加的会议真可谓多矣。我绝不是一个"开会迷"，有一些会让我苦不堪言。但是，对《世界文学》的会，我却真有一点儿"迷"了。同老友见面，同曹老见面，成为我的一大乐事。

我曾在悼念朱光潜先生的文章中提到，我最不喜欢拜访人。即使是我最尊敬的老师和老友，我也难得一访。我自己知道，这是一种怪癖，想改之者久矣；但是山难移，性难改，至今没有什么改进。对待曹老，我也是如此。尽管我对他有深厚的敬意和感情，但是曹老的家我却一次也没有去过。平常在校园中见了面，总要问寒问暖，说上一阵子话，看来彼此都是兴奋而又欣慰。在外面开会时碰到，更要促膝长谈。我往往暗自庆幸：北大是一个出百岁老人的地方。我们的老校长马寅初先生，活到100多岁。我的美国老师温德教授也庆祝过自己的100周岁。曹老为什么不能活到100岁呢？

然而曹老毕竟没有活到100岁。这对中国文学艺术界来说是一大损失，对他的学生和朋友来说是一件无法弥补的憾事。有生必有死，这是自然规律，我辈凡人谁也无法抗御。我们只能用这个来安慰自己。同时，我又想到，年过90，也算是寿登耄耋，在世界上，自古以来，就是十分罕见的。曹老可以安息了。

北大以老教授多闻名全国。我自己虽然久已年逾古稀，但是抬眼向前看，比我年纪大的还有一大排，我只能算是小弟弟，不敢言老，心中更无老意，常常感到，在燕园中，自己是幸福的人。然而近二三年以来，老成颇多凋谢，蓦抬头：我眼前的队伍逐渐缩短了，宛如深秋古木，在不知不觉中，叶片一片片地飘然落下。我虽然自谓能用唯物的态度对待生死问题，然而内心深处也难免引起一阵阵的颤抖了。

嗟乎，死者已矣。我们生者的责任更大起来了，我感到自己肩头沉重起来。

1987年9月13日

记张岱年先生

我认识张岱年先生,已有将近70年的历史了。30年代初,我在清华念书,他在那里教书。但是,由于行当不同,因而没有相识的机会。只是不时读到他用张季同这个名字发表的文章,在我脑海留下了一个青年有为的学者印象,一留就是20年。

时移世变,沧海桑田,再见面时已是1952年院系调整以后了。当时全国大学的哲学系都合并到北大来,张先生也因而来到了北大。我们当年是清华校友,而今又是北大同事了。仍然由于行当不同,平常没有多少来往。1957年反右,张先生受到了牵连。这使我对他更增加了一种特殊的敬意。

张先生是哲学家,对于中国哲学史的研究有湛深的造诣,这是学术界的公论。愧我禀性愚鲁,不善于做邃密深奥的哲学思维。因此对先生的学术成就不敢赞一词。独对于先生的为人,则心仪已久。他奖掖后学,爱护学生,极有正义感,对任何人都不阿谀奉承,凛然一身正气,又绝不装腔作势,总是平等对人。这样多的优秀品质集中到一个人的身上，再加上真正淡泊名利，唯学是务，在当今士林中，真堪为楷模了。

《论语》中说："仁者寿。"岱年先生是仁者，也是寿者。我读书有一个习惯：不管是读学术史，还是读文学史，我首先注意的是中外学者和文学家的生年卒月。我吃惊地发现，古代中外著名学者或文学家中，寿登耄耋者极为稀少。像泰戈尔的80，歌德的83，托尔斯泰的82，真如凤毛麟角。许多名震古今的大学问家和大文学家，多半是活到五六十岁。现在，我们已经换了人间，许多学者活的年龄都很大，像冯友兰先生、梁漱溟先生等都活过了90。冯先生有两句话：岂止于米，相期以茶。米是88岁，茶是108岁。现在张先生已经过米寿2年，距茶寿18年。从他眼前的健康情况来看，冯先生没有完成的遗愿，张先生一定能完成的。张先生如果能达到茶寿，是我们大家的幸福。碧章夜奏通明殿，乞赐张老十八春。

1999年1月10日

第四章

宇宙山河浪漫

我于此时此地极目楚天，心旷神怡，
仿佛能与天地共长久，与宇宙共呼吸。
不由得心潮澎湃，浮想不已。
我想到自己的祖国，想到自己的民族。
我们的祖先在这里勤奋劳动，
繁衍生息，如今创造了这样的锦绣山河万里。

石林颂[1]

我怎样来歌颂石林呢：它是祖国的胜迹，大自然的杰作，宇宙的奇观。它能使画家搁笔，歌唱家沉默，诗人徒唤奈何。

但是，我却仍然是非歌颂它不可。在没有看到它以前，我已经默默地歌颂了它许多许多年。现在终于看到了它，难道还能沉默无言吗？

在不知道多少年以前，我就听人们谈论到石林，还在一些书上读到有关它的记载。从那时候起，对这样一个神奇的东西，我心里就埋上了一颗向往的种子。以后，我曾多次经过昆明，每次都想去看一看石林；但是，每次都没能如愿，空让那一颗向往的种子寂寞地埋在我的心里，没有能够发芽、开花。

我曾有过种种的幻想，我把一切我曾看到过的同"石"和"林"有关的东西都联系起来，构成了我自己的"石林"。我幻想：石林

---

[1] 本文入选人教部编版初中语文七年级下册教材。

就像是热带的仙人掌，一根一根竖在那里，高高地插入蔚蓝的晴空。我幻想：石林就像是木变石，不是一株，而是千株万株，参差不齐，错错落落，汇成一片大森林。我又幻想：石林就像是一堆太湖石，玲珑剔透，嵯峨巉岩，布满了一座美丽的大花园。我觉得，自己创造出来的这些形象都是异常美妙的，我沉湎于自己的幻想中。

然而今天，我终于亲眼看到石林了。我发现，不管我那些幻想是多么奇妙，多么美丽，相形之下，它们都黯然失色，有些简直显得寒碜得可笑了。我眼前的石林完全不是那个样子。

走到离石林还有十几里路的地方，我就看到一块块的灰色大石头耸立在稻田中，孤高挺直，拔地而起，倒影映在黄色的水面上，再衬上绿色的禾苗，构成一幅秀丽动人的图画。这些石头错错落落地站在那里，从远处看去，就像是一团团的乌云，像是一头头的野象，又像是古代神话中的巨人，手执刀枪，互相搏斗。我兴奋起来了，自己心里想：石林原来是这个样子呀！

然而，过了不久，我就发现，石林也还不完全就是这个样子。

到了石林的最胜处，我看到一块块的青灰色的大石头，高达几十丈几百丈，仿佛是给魔术师从大地深处咒出来似的，盘根错节，森森棱棱，形成了一座巨大的迷宫。这些石头都洋溢着无穷无尽的力量，威慑地挺立在我们眼前。迷宫里面千门万户，窦窍玲珑，说不清有多少曲涧，数不清有多少幽洞。我仿佛走进了古代的阿房宫，

"五步一楼,十步一阁。廊腰缦回,檐牙高啄。各抱地势,钩心斗角"。一条条的羊肠小道,阴暗崎岖。一处处的岩穴洞府,老藤穿壁,绿苔盈阶。有时候,我以为没有路了,但是转过一座石壁,却豁然开朗,眼前有清泉一泓,参天怪石倒映其中,显得幽深邈远,恍如仙境;有时候,我以为有路,但是穿涧越洞,猱升蛇行,爬得我昏头昏脑,终于还是碰了壁,不得不回头另找出路;也有时候,我左转右转,上上下下,弯腰曲背,碰头擦臂,以为不知道已经走了多远,然而站下来,定睛一看,却原来又回来了。我就像是陷入了八阵图中,心情又紧张,又兴奋。

但是,在紧张和兴奋中,我并没有忘记欣赏四周的瑰奇伟丽的景色。面对着各种各样的怪石头,我的脑海里映起了种种形象。我有时候想到古代希腊的雕塑,于是目光所到之处,上下左右,全是精美的雕塑,有留着小胡子的阿波罗,有断了一只胳臂的维纳斯,我仿佛到了奥林匹亚神山之上,身处群神之中。我有时候想到"曹衣出水,吴带当风"这两句话,眼前立刻就出现了一幅幅吴道子的绘画,笔触遒劲,力透纸背。一转眼,我眼前又仿佛出现了一座古罗马的大剧院,四周围着粗大的石柱,一根根都有撑天的力量。稍微换一个角度,我又看到南印度海边上用一块块大石头雕成的婆罗门教的神庙,星罗棋布地排在那里。再向前走两步,迎面奔来一群野象,一个个甩起了长大的鼻子,来势汹汹,漫山遍野。然而,眼睛一眨，野象又变成了狮子，大大小小，跳踉游戏，爪子对着爪子，尾巴缠住尾巴，我仿佛能听到它们的吼声。如果眼睛再一眨，野兽就突然会变成花朵。这里是一朵云南名贵的茶花，那里是一朵北地蜚声的牡丹，红英映日，绿萼蔽天。这里是芙蓉花来自阆苑仙境，那里是西方极乐世界里的红莲。只要我心里一转，花朵又转成了人物。仙人骑着丹顶鹤驾云而至，阿罗汉披着袈裟大踏步地走下兜率天……

我左思右想，眼花缭乱。眼前这一片森森棱棱的石头仿佛都活了起来，它们仿佛都具有大神通力，变化多端。我想到什么东西，眼前就出现什么东西。也可以说，眼前出现什么东西，我就想到什么东西。我平常总认为自己并不缺乏想象力，可是今天面对着这一堆石头，我的想象却像是给剪掉了翅膀，没法活动了。我只好停下来，干脆什么都不想，排除一切杂念，让自己的心成为一面光洁的镜子，这一堆鬼斧神工凿成的大石头就把自己的影子投入我这一面晶莹澄澈的镜中。

我现在觉得，倒是本地人民的幻想要比我的幻想好得多。他们是这样说的：有一天，仙人张果老用鞭子赶着一群石头，想把南盘江口堵住，把路南一带变成大海，让村庄淹没，人畜死亡。这时候，正巧有一对青年男女在旷野里谈情说爱。他们看到这情形，就同张果老打起来。结果神仙被打败了，一溜烟逃走，丢下这一群石头，就变成了现在的石林。

这幻想的故事是多么朴素，但又多么含义深远呀！相形之下，自己那些幻想真显得华而不实、毫无意义了。我于是便下定了决心，再不胡思乱想，坐对群石，潜心静观，让它们把影子投入我心里那一面晶莹澄澈的镜中。

但是，我却无论如何也抑压不住自己的激情，我不能沉默无言。石林能使画家搁笔，歌唱家沉默，诗人徒唤奈何。我既非画家，又非歌唱家，更非诗人。我只能用这样粗鄙的文字，唱出我的颂歌。

1962 年 1 月末在思茅写成初稿

6 月 11 日在北京重写

星光的海洋

星光，星光，星光……

到处都是星光。

是星光的瀚海，是星光的大洋；是星光的密林，是星光的丛莽；有红，有绿；有白，有黄；有大，有小；有弱，有强；有明，有暗；有高，有低；有远，有近；有疏，有密；有的成堆，有的成行；有的排成一线，有的组成一方；瞻之在前，忽焉在后；光辉灿烂，绵延数十里；汪洋浩瀚，好像充塞了天地。有时候，这星光的海洋似乎已经达到了黑暗的边缘；我满以为，在此之外，已是无边无际的大黑暗了。然而，只要一转瞬，再往上一看，依然是一片星光。

星光，星光，星光……

到处都是星光。

是夏夜的星空从天上落到地上来了吗？是哪一个神话世界里的神灯从虚无缥缈的高天上飘到人间来了吗？我有点儿迷惑，有点儿恍惚，有点儿好奇，有点儿糊涂。我注意探讨，仔细研究，猛然发现,这些都不是,都不是。这根本不是星光,而是绵延不断的灯光。

我抬头向上看,在这一片我原来误认为是星光的灯光上面,亮晶晶的一大片,大大小小的一群在那里眨着眼睛,那才是真正的星光。我低头向下看,看到星光和灯光在水面上的倒影,金光闪闪,像一条条的金蛇。原来就在我脚下,在我伫立的一个小小的山头的下面几十米深的黑暗处,从左边流来了嘉陵江,从右边流来了"不尽长江滚滚来"的长江。江声低咽,金波摇影。我现在不是在天上,而是在人间;不是在人间别的地方,而是在嘉陵江和长江汇流处的重庆。嘉陵江上通四川辽阔的地区,长江下达更辽阔的地区,一直通到大海。我正站在祖国的大地上,我眼前是重庆,是重庆的夜晚。眼前的一片星光是这座山城高高低低的山坡上的群灯。

在白天里,我曾在这一座山城里蜂房般的鳞次栉比的房屋的迷宫中漫游。我曾出出进进于大小商店之中,看点儿什么,买点儿什么。我也曾在大街上滚滚的人流中漫步,没有什么固定的目的,只是作为一个外地人,一个旁观者看看而已。我看玻璃窗里陈列的五光十色的商品;我看街旁菜摊上摆的有一些我叫不出名的蔬菜。我间或也能看到一些少数民族的妇女穿着花团锦簇颜色鲜艳的服装,头上和手上戴着的首饰闪闪发出银白色的光芒。我顾而乐之,忘记了时间的流逝。

最使我难忘的是我瞻仰的一些革命圣地,比如红岩、曾家岩、周公馆、桂园等等。特别是红岩,更给我留下了永不磨灭的印象。我怀着十分虔敬的心情在这个革命圣地里走上走下,在那些大大小小的房间里瞻望。我的步履很轻很轻,我几乎屏止住了呼吸。我一向景仰的那一些革命前辈仿佛还住在这里。我不敢放肆,我怕打扰了他们的清静。在院子里,虽然现在时令已是冬天,但是那些五颜六色的菊花却傲然凌霜怒放,显示出与众不同的骨气。最引起我注意的是一丛开着红色花朵的我不知道名字的蔓藤,红得像火焰,像朝霞,耀眼惊心。就在这红色花朵的旁边矗立着一棵高大的黄桷树。在那黑云压城特务横行的日子里,在这棵大树的向外面的一侧是阴间。过了这棵树是红岩的主楼,就是阳间。因此,人民群众把这棵大树称作阴阳树。今天我来到了这棵树下,看到它枝干突兀腾跃,矫健挺拔,尖顶直刺灰蒙蒙的天空,好像把我的心情也带向高处。站在树下,我久久不想离去。今天我们全国人民都住在阳间,阴间已经消失得无影无踪了。我心头之兴奋可以想见了。也许是由于兴奋过度,我没有注意树上是否有灯。即使有的话,我也决不会把灯光误认为星光。

眼前白天已经转入暗夜,我登上了长江和嘉陵江汇流处的三角洲头。白天看到的那一些密密麻麻的大街、小巷、高楼、低舍,我都看不到了,都没入一片迷茫的黑暗中。我眼前看到的只有万家灯火,高高低低,前后左右,汇成了一片星光的海洋。

我当然不知道红岩、曾家岩、周公馆、桂园等等都在什么地方,我更不知道,那里现在是否都亮起了红灯。但是,我确信,在这一片灯光的海洋中,有几盏灯就是挂在那里的。红岩、曾家岩、周公馆、桂园,每一个窗口都会有闪亮的红灯让灯光流出,汇入这浩渺的灯光的海洋里。其中那最明亮、最高大的一盏一定是挂在阴阳树上。在它辉耀的光线的照耀下,我仿佛看到了大树下那些傲霜怒放的菊花,小红灯笼似的累累垂垂的花朵,衬托着碧绿的叶子,散发出无穷的活力。当年在这一座黑暗弥天的山城里,那些向往光明的人们,特别是青年们,一定是望眼欲穿地望着阴阳树上的这一盏明灯而欢欣鼓舞。这明灯给他们以信心,给他们以勇气,给他们以方向,给他们以安身立命之地。他们终于在灯光的照耀下,慢慢地冲出黑暗,奔向光明。我那时虽然不在重庆,但是,我确信,一定是有这样一盏灯的,而这灯又必然是异常明亮,异常光辉灿烂的。

今天,弥天的黑暗已经永远消失了,光明降临到大地上。我来到了重庆,缅怀往事,心潮腾涌。我很后悔,为什么当年竟没能够来到这里,看一看红岩、曾家岩、周公馆和桂园等地,献上我的一瓣心香?现在,我站在两江汇流处的三角洲山头上,面对山城的万家灯火,五十年的往事一下子兜上心头。回首前尘,唯余感慨;瞻望未来，意气风发。我完完全全沉浸在幻想之中。一转瞬间，眼前的万家灯光又突然变成了星光。这星光把我带到天上去，带到那片能抒发畅想曲的碧落中去。

星光，星光，星光……

到处都是星光。

1981 年草稿

1984 年 12 月 13 日修改于深圳

1985 年 1 月 15 日抄于燕园

德里风光

在印度,德里不是最古的城,也不是最美的城。但它却是一个很有个性的城。游过一次,终生难忘。

而我游德里,不是一次,是三次。

第一次是在建国初期。我当时被招待住在总统府内。这是一座红砂石垒成的建筑。从下面乘车走上去,经过一片开阔的草地和马路,至少有三四里路,两旁也都是一座座宫殿式的建筑。走到尽头,一座规模极大的建筑,矗立在眼前,宏伟巍峨,气势逼人。印度古代神话中吉罗婆神山顶上的神仙宫阙,大概也不外就是这个样子。这就是印度的总统府。

德里的名胜古迹,当然不限于总统府。从古迹的角度来看,总统府是算不上数的。你如果问一个本地人:什么古迹最有名?他会毫不犹疑地回答:红堡。第一次来,因为住在总统府内,所以先参观了总统府,然后才参观红堡。第二次、第三次来,我就径直地参观红堡。

红堡的建筑风格，同总统府是完全不相同的。同阿格拉的红堡一样，它修建于十六世纪莫卧儿王朝。顾名思义，它是红色的伊斯兰式的建筑。但这红色仅仅只限于城墙。人们一进去，里面的楼、台、殿、阁却另是一种颜色。这些建筑基本上都是用灰白色的大理石建造的。大理石柱上、壁上，都镶嵌着许多红、绿、黄、紫的宝石，衬着灰白色的大理石，相映成趣，闪闪发光。来到这里，人们很容易想到伊斯兰的文化，想到古代伊朗的文学艺术，想到阿拉伯的《一千零一夜》，做起伊斯兰的梦来。

完全可以同红堡媲美的是库图布高塔。高塔周围的建筑群，在风格上，可以明显地分为两类：一类是印度古代固有的风格，一类是后来传进来的伊斯兰风格；泾渭分明，但又和谐。原来大概都是印度古式建筑，信伊斯兰教的统治者来到以后，拆旧建新，就成了现在这个样子。拆建的痕迹，赫然在目。印度古式建筑，远远望去，黑乎乎一片，有点儿"浓得化不开"；细看却是精雕细刻，栩栩如生。如果借用一句中国论诗的话来形容，那就是：沉郁顿挫。伊斯兰风格完全相反：线条简明。也借用一句中国论诗的话：清新俊逸。两种风格相映成趣，成为印度印回两大文化的象征。

高塔是德里最高的建筑，共有五层，高约二十二丈，建于十二世纪末叶，至今已有七八百年的历史。建筑风格是典型的伊斯兰式，与印度古代的塔（窣堵波）完全不同。我先后三次登上高塔，每次攀登的时候，总不由自主地想到唐代著名诗人岑参《与高适薛据登慈恩寺浮图》的诗：

塔势如涌出，
孤高耸天宫。
登临出世界，
蹬道盘虚空。

这样的诗句，用来形容这一座高塔，不是非常合适的吗？

德里的名胜古迹还多得很，一篇短文是介绍不完的，我也就不再介绍了。

不管这些名胜古迹给我留下了多么深刻的印象，离开了人的名胜古迹，即使再美，也是一堆没有生命的东西。最使我难忘的还是印度人民的友情。这种深厚的友情，以这些名胜古迹为背景，二者相得益彰，才真是终生难忘。四年前，我第三次访问印度，在德里大学受到无比热烈的欢迎。那些可爱的印度大学生，一双双温暖的手，一双双热情的眼睛，真使我感动极了。我这样一个微不足道的人，为什么能受到这样的欢迎呢？他们是把我当作中国人民的一个代表；这种热烈的友情是针对中国人民的，我不过碰巧成为接受者而已。友情，同名胜古迹，同总统府、红堡、高塔不一样，无法用图片来表达。它没有形体，没有颜色，但有重量，就让我把印度人民极重极重的友情，贮藏在我的内心深处吧！

1982 年 12 月 11 日

火车上观日出

在晨光熹微中,我走出了卧铺车厢,走到了列车的走廊上。猛一抬头,我的全身连我的内心立刻激烈地震动了一下:东方正有一抹胭脂似的像月牙一般的红彤彤的东西腾涌出来。这是即将升起的朝阳,我心里想。

我年逾古稀,平生看日出多矣。有的是我有意去寻求的,比如泰山观日。整整五十年前,当时我还是一个青年小伙子,正在济南一个中学里教书。在旧历八月中秋,我约了两个朋友,从济南乘火车到泰安。当天下午我们就上了山。我只有二十三岁,正是精力旺盛的时候,我大跨步走过斗姆宫、快活三里、五大夫松,一气登上了南天门,丝毫也没有感到什么吃力,什么惊险。此时正是暮色四垂、阴影布上群山的时候,四顾寂无一人,万古的沉寂压在我们身上。在一个鸡毛小店里住了一夜。第二天,摸黑起来,披上店里的棉被,登上玉皇顶。此时东天逐渐苍白。我瞪大了眼睛,连眨眼都不敢,盼望奇迹的出现。可是左等右等,我等待的奇迹太阳只是不露面。等到东天布满了一片红霞时，再仔细一看，朝阳已经像一个红色的血球，徘徊于片片的白云中了，原来太阳早已经出来了。

从那以后，过了四十多年，到了八十年代初，我第一次登上了"归来不看岳"的黄山。在北海住了三天。我曾同小泓摸黑起床，赶到一座小山顶上，那里已经黑压压地挤满了人。我们好不容易挤了上去，在人堆里争取了一块容身之地，静下心来，翘首东望，恭候日出。东天原来是灰蒙蒙一片，只是比西方、南方、北方稍微显得白了亮了一点儿。但是，一转瞬间，亮度逐渐增高，由淡白转成了淡红，再由淡红转成了浓红，一片霞光照亮东天。再一转瞬，一芽红痕突然涌出，红痕慢慢向上扩大，由一点到一线，由一线到一片，一轮又圆又红的球终于跳出来了。

就这样，我在泰山和黄山这两个在全中国甚至全世界都以能观日出而声名远扬的名山上，看到了日出。是我自己处心积虑一意追求而得来的。

我现在是在火车上，既非泰山，也非黄山。我做梦也没有想到会同观赏日出联系起来，我一点儿寻求的意思也没有。然而，仿佛眼前出现了奇迹：摆在我眼前的是不折不扣的日出。我内心的震惊不是很自然的吗？

这样的日出，从来没有听人说观赏过，连听人谈到过都没有。它同以前处心积虑一意追求看到的不一样，完完全全地不一样。不管在泰山，还是在黄山，我都是静止不动的。太阳虽然动，也只是在一个地方动，她安详自在，慢条斯理，威严端重，不慌不忙。她在我眼中是崇高的化身，是威仪的重现。正像印度大诗人泰戈尔每天早晨对着朝阳沉思默祷那样，太阳在我眼中也是神圣不可侵犯的。

然而现在却是另一番景象。火车风驰电掣，顷刻数里，一刻也不停。而太阳也是一刻也不停，穷追不舍。她仿佛是率领着白云、朝霞、沧海、苍穹，仿佛率领着她那些如云的随从，追赶着火车，追赶着车上的我，过山、过水、过森林、过小村。有时候我甚至看到她鬓云凌乱，衣冠不整。原来的端庄威严，安详自在，一点儿影子都没有了。是她在处心积虑，一意追求，追求着火车上的我，一定要我观看她的出现。此时我的心情简直是用任何言语也形容不出来了。

太阳一方面穷追不舍，一方面自己在不停地变幻。最初我只看到在淡红色的云堆中慢慢地涌出了一点儿红色月牙似的东西。月牙逐渐扩大，扩大，扩大，最初的颜色像是朱砂，眼睛能够直视。但是，随着体积的逐渐扩大，朱砂逐渐变为黄金，光芒越来越亮，到了最后，辉光焜耀，谁要是再想看她，她的光芒就要刺他眼睛了。等到太阳高高升起的时候，她在天空里俯视大地，俯视火车，俯视火车中的我，她又恢复了她那端庄威严、安详自在的神态，虽然是仍然跟着火车走，却再也没有那种仓促急忙的样子了。

这短短的车上观日出的经历，对我来说，简直像是一次神秘的天启。它让我暂时离开了尘世，离开了火车，甚至离开了我自己。我体会到变中有不变，不变中又有变；我体会到变化与速度的交互融合，交互影响。这种体会，我是无法说清楚的。等我回到车厢内的时候，人们还在熟睡未醒。我仿佛怀着独得之秘，静静地坐在那里，回想刚才的一切，余味犹甘。一团焜耀的光辉还留在我的心中。

1984年10月17日在烟台写初稿
1992年7月10日在北京写定稿

登蓬莱阁

去年,也是在现在这样的深秋时分,我曾登过一次蓬莱阁。当时颇想写点儿什么;只是由于印象不深,自己也仿佛没有进入"角色",遂致因循拖延,终于什么也没有写。现在我又来登蓬莱阁了,印象当然比去年深刻得多,自己也好像进入了"角色",看来非写点儿什么不行了。

蓬莱阁是非常出名的地方,也可以说是"蓬莱大名垂宇宙"吧。我在来到这里以前,大概是受蓬莱三山传说的影响,总幻想这里应该是仙山缥缈,白云缭绕,仙人宫阙隐现云中,是洞天福地,蓬莱仙境,不食人间烟火。至少应该像《西游记》描绘镇元大仙的万寿山那样:

高山峻极,大势峥嵘。根接昆仑脉,顶摩霄汉中。白鹤每来栖桧柏,玄猿时复挂藤萝……麋鹿从花出,青鸾对日鸣。乃是仙山真福地,蓬莱阆苑只如然。

然而，眼前看到的却不是这种情况。只不过是一些人间的建筑，错综地排列在一个小山头上。我颇有一些失望之感了。

既然是在人间，当然只能看到人间的建筑。从这个标准来看，蓬莱阁的建筑还是挺不错的：碧瓦红墙，崇楼峻阁，掩映于绿树丛中。这情景也许同我们凡人更接近，比缥缈的仙境更令人赏心悦目。一进入嵌着"丹崖仙境"四个大字的山门，就算是进入了仙境。所谓"丹崖"，指的是此地多红石，现在还有四大块红石耸立在一个院子里面。这几块石头不是从别的地方搬来的，而是与大地紧紧地连在一起，原来是大地的一部分，其名贵也许就在这里吧。

进入天后宫的那一层院子，最引人注目的还不是天后的塑像和她那两间精致的绣房中的床铺，而是那一株古老的唐槐。这一棵树据说是铁拐李种下的，它在这仙境里生活了已经一千多年了，虽然还没有"霜皮溜雨四十围，黛色参天二千尺"；但是老态龙钟，却又枝叶葱茏，浑身仙风道骨，颇有一点儿非凡的气概了。我想，一看到这样一棵古树，谁也会引起一些遐思：它目睹过多少朝代的更替，多少风流人物的兴亡，多少度沧海桑田，多少次人事变幻，到现在依然青春永葆，枝干挺秀。如果树也有感想的话，难道它不应该大大地感喟一番吗？我自己却真是感慨系之，大有流连徘徊不忍离去之意了。

回头登上台阶，就是天后宫正殿。正中塑着天后的像，俨然端坐在上面。天后是海神。此地近海,渔民天天同海打交道。大海是神秘难测的,它有波平浪静的一面,但也有波涛汹涌的一面。自古以来,不知道有多少渔民葬身波涛之中。他们迫不得已,只好乞灵于神道,于是就出现了天后。我国南海一带都祭祀天后。在这个端庄美丽的女神后边,不知道包含着多少血泪悲剧啊!在我上面提到的左右两间绣房中,床上的被褥都非常光鲜美丽。据说,天后有一个习惯:她轮流在两间屋子里睡觉。为什么这样?其中定有道理。但这是神仙们的事,我辈凡夫俗子还是以少打听为妙,还是欣赏眼前的景色吧!

到了最后一层院子,才真正到了蓬莱阁。阁并不高,只有两层。过去有诗人咏道:"登上蓬莱阁,伸手把天摸。"显然是有点儿夸张。但是,一登上二楼,举目北望,海天渺茫,自己也仿佛凌虚御空,相信伸手就能摸到天,觉得这两句诗绝非夸张了。谁到这里都会想到蓬莱三山的传说,也会想到刻在一个院子里两边房墙上的四句话:

登上蓬莱阁,
人间第一楼。
云山千里目,
海岛四时秋。

现在不正是这样子吗？我自己也真感觉到，三山就在眼前，自己身上竟飘飘有些仙气了。

多少年来就传说，八仙过海正是从这里出发的。阁上有八仙的画像，各自手中拿着法宝，各显神通，越过大海。八仙中最引人注目的当然是吕洞宾。提起此仙，大大有名。全国许多地方都有关于他的神话传说。据说，吕洞宾并不姓吕。有一天，他同妻子到山洞里去逃难，这两口子住在洞中，相敬如宾，于是他就姓了吕，而名洞宾。这个故事很有趣，但也很离奇，颇难置信。可是，我觉得，这同天后的床铺一样，是神仙们的私事，我辈凡夫俗子还是以少谈为妙，且去欣赏眼前的景色吧！

眼前景色是美丽而有趣的。我们在楼上欣赏窗外的景色。楼中间围着桌子摆了许多把古色古香的椅子，正中一把太师椅，据说是吕洞宾坐过的；谁要坐上，谁就长生不老。我们中吕叔湘先生年高德劭，又适姓吕，于是就被大家推举坐上这一把太师椅，大家哄然大笑。我们虔心祷祝吕先生真能长生不老！

在这楼上，人人看八仙，人人说八仙，人人听八仙，人人不信八仙，八仙确实是太渺茫无稽了。但是，从这里能看到海市蜃楼却是真实的。我从前从许多书上，从许多人的嘴里读到、听到过海市的情景，心向往之久矣。只是海市极难看到。宋朝的大文学家苏轼，曾在登州做过五天的知府。他写过一首诗，叫作《登州海市》，还

有一篇短短的序言,我现在抄一下:

予闻登州海市旧矣。父老云:"尝出于春夏,今岁晚不复见矣。"予到官五日而去,以不见为恨,祷于海神广德王之庙,明日见焉,乃作此诗。
东方云海空复空,群仙出没空明中。
荡摇浮世生万象,岂有贝阙藏珠宫。
心知所见皆幻影,敢以耳目烦神工。
岁寒水冷天地闭,为我起蛰鞭鱼龙。
重楼翠阜出霜晓,异事惊倒百岁翁。
人间所得容力取,世外无物谁为雄。
率然有请不我拒,信我人厄非天穷。
潮阳太守南迁归,喜见石廪堆祝融。
自言正直动山鬼,岂知造物哀龙钟。
伸眉一笑岂易得,神之报汝亦已丰。
斜阳万里孤鸟没,但见碧海磨青铜。
新诗绮语亦安用,相与变灭随东风。

在这里,苏东坡自己说,祷祝成功,海市出现。但是,给我们导游的那个小姑娘却说,苏轼大概没有看到海市;因为他待的时间很短,而且是岁暮天寒之际。究竟相信谁的话呢?我有点儿怀疑,苏轼是故弄玄虚，英雄欺人。他可能是受了韩愈祝祷衡山的影响："潜心默祷若有应，岂非正直能感通，须臾静扫众峰出，仰见突兀撑青空。"他的遭遇同韩文公差不多，他们俩都认为自己是正直的。韩文公能祝祷成功（实际上也未必），为什么自己就不行呢？于是就写了这样一首诗，写得有鼻子有眼，仿佛亲眼看到一般。但是这只是我个人的怀疑。又焉知苏轼的祝祷不会适与天变偶合，海市在不应该出现的时候出现了呢？我实在说不清楚。古人的事情今人实在难以判断啊！反正登州人民并不关心这一切，尽管苏轼只在这里待了五天，他们还是在蓬莱阁上给他立庙塑像，把他的书法刻在石头上，以垂永久。苏轼在天有灵，当然会感到快慰吧。

我们游遍了蓬莱阁，抚今追昔，幻想迷离。八仙的传说，渺矣，茫矣。海市蜃楼又急切不能看到，我心里感到无名的空虚。在我内心的深处，我还是执着地希望，在蓬莱阁附近的某一个海中真有那么一个蓬莱三山。谁都知道，在大自然中确实没有三山的地位。但是，在我的想象中，我宁愿给蓬莱三山留下一个位置。"山在虚无缥缈间"，就让这三山同海市蜃楼一样，在虚无缥缈间永远存在下去吧，至少在我的心中。

1985 年 10 月 26 日写完

游石钟山记

幼时读苏东坡《石钟山记》，爱其文章奇诡，绘声绘色，大为钦佩，爱不释手，往复诵读，至今犹能背诵，只字不遗。但是，我从来也没有敢梦想，自己能够亲履其地。今天竟能于无意中来到这里，真正像做梦一般，用金圣叹的笔调来表达，就是"岂不快哉！"

石钟山海拔只有五十多米，摆在巍峨的庐山旁边，实在是小巫见大巫。但是，山上建筑却很有特点，在非常有限的地面上，"五步一楼，十步一阁，廊腰缦回，檐牙高啄，各抱地势，钩心斗角。"今天又修饰得金碧辉煌，美轮美奂。从山下向上爬，显得十分复杂。从怀苏亭起，步步高升，层楼重阁，小院回廊，花圃清池，佛殿明堂，绿树奇花，翠竹修篁，通幽曲径，花木禅房，处处逸致可掬，令人难忘。

这里的碑刻特别多，几乎所有的石头上都镌刻着大小不同字体不同的字。苏轼、黄庭坚、郑板桥、彭玉麟等等，还有不知多少书法家或非名家都在这里留下了手迹。名人的题咏更是多得惊人，从南北朝至清代，名人咏石钟山之诗多达七百多首。从陶渊明、谢灵运起直至孟浩然、李白、钱起、白居易、王安石、苏轼、黄庭坚、文天祥、朱元璋、刘基、王守仁、王渔洋、袁子才、蒋士铨、彭玉麟等等都有题咏。到了此地，回忆起将近两千年来的文人学士，在此流连忘返，流风余韵，真想发思古之幽情。

此地踞鄱阳湖与长江的汇流处，历代为兵家必争之地，在中国历史上几次激烈鏖兵。一晃眼，仿佛就能看到舳舻蔽天，烟尘匝地的情景。然而如今战火久熄，只余下山色湖光辉耀祖国大地了。

我站在临水的绝壁上，下临不测，碧波茫茫。抬眼能够看到赣、皖、鄂三个省份，云山迷蒙，一片锦绣山河。低头能够看到江湖汇流，扬子江之黄与鄱阳湖之绿，泾渭分明，界线清晰，并肩齐流，一泻无余，各自保持着自己的颜色，决不相混，长达数十里。"楚江万顷庭阶下，庐阜诸峰几席间"，难道不能算是宇宙奇迹？我于此时此地极目楚天，心旷神怡，仿佛能与天地共长久，与宇宙共呼吸。不由得心潮澎湃，浮想不已。我想到自己的祖国，想到自己的民族。我们的祖先在这里勤奋劳动，繁衍生息，如今创造了这样的锦绣山河万里。不管我们目前还有多少困难与问题，终究会一一解决，这一点我深信不疑。我真有点儿手舞足蹈，不知老之将至了。这一段经历我将永远记忆。

我游石钟山时，根本没想写什么东西。有东坡传流千古的名篇在，我是何人，敢在江边卖水，圣人门前卖字！但是在游览过程中，心情激动，不能自已，必欲一吐为快，就顺手写了这一篇东西。如果说还有什么遗憾的话，那就是我没有能在这里住上一夜，像苏东坡那样，在月明之际，亲乘一叶扁舟，到万丈绝壁下，亲眼看一看"如猛兽奇鬼，森然欲搏人"的大石，亲耳听一听"噌吰如钟鼓不绝"的声音。我就是抱着这种遗憾的心情，一步三回首，离开了石钟山。我嘴里低低地念着不知道是什么时候在我心中吟成的两句诗："待到耄耋日，再来拜名山。"我看到石钟山的影子渐小渐淡，终于隐没在江湖混茫的雾气中。

1986 年 8 月 6 日 75 周岁生日
写于庐山九奇峰下

登黄山记

　　早就听人说过:"五岳归来不看山,黄山归来不看岳。"又经常遇到去过黄山的人讲述那里的奇景,还看到画家画的黄山,摄影家摄的黄山,黄山在我的心中就占了一个地位。我也曾根据那些绘画和摄影,再掺上点传闻,给自己描绘了一幅黄山图,挂在我的心头。我带着这样一幅黄山图曾周游国内,颇看了一些名山大川。五岳之尊的泰山,我曾凌绝顶,观日出。在国外,我也颇游览了一些国家,徜徉于日内瓦的莱蒙湖畔,攀登了雪线以上的阿尔卑斯山,尽管下面烈日炎炎,顶上却永远积雪皑皑。所有这一切都是永世难忘的。但是我心中的那一幅黄山图,尽管随着游览的深广而多少有所修正,但毕竟还是非常美的,非常迷人的。

　　今天我就带着我心中的那一幅黄山图,到真正的黄山来了。

　　汽车从泾县驶出,直奔黄山。一路上,汽车蜿蜒绕行于万山丛中。我的幻想也跟着蜿蜒起来。眼前是千山万岭,绵延不绝,但是山峰的形象从远处看上去都差不多。远处出现了一个耸入晴空的高峰,"那就是黄山了吧!"我心里想。但是一转眼,另一个更高的山峰呈现在我的眼前,我只好打消了刚才的想法。如此周而复始,不知循环了多少遍。还有一个问题一直萦回在我的脑际:在这千山万岭中,是谁首先发现黄山这一个天造地设的人间仙境呢?是否还有另一个更美的什么山没有被发现呢?我的幻想一下子又扯到徐霞客身上。今天我们乘坐汽车来到这里,还感到有些疲惫不堪。当年徐霞客是怎样来的呢?他只能自己背着行李,至多雇上一个农民替他背着,自己手执藤杖,风餐露宿,踽踽独行于崇山峻岭中,夜里靠松明引路,在虎狼嗥叫声中,慢慢地爬上去。对比起来,我们今天确实是幸福多了。

就这样,汽车一边飞快地行驶,我一边在飞快地幻想。我心里思潮腾涌,绵绵不断,就像那车窗外的绵延的万山一样。

汽车终于来到了黄山大门外。

一走进黄山大门,天都峰就像一团无限巨大的黑色云层,黑乎乎地像泰山压顶般对着我的头顶压了下来,好像就要倒在我的头上。我一愣:这哪里是我心中的那个黄山呢?然而这毕竟是真实的黄山。我几十年蕴藏心中的那幅黄山图一下子烟消云散了。我心中怅然若有所失,但是我并不惋惜。应该消逝的让它消逝吧!我现在已经来到了真实的黄山。

从此以后,真实的黄山就像一幅古代的画卷一样,一幅一幅地、慢慢地展现在我的眼前。

出宾馆右行，经疗养院右转进山。山势一下子就陡了起来。我曾经听别人说过，从什么地方到什么地方是多少多少华里。在导游书上，我也看到了这样的记载。我原以为几华里几华里都是在平面上的，因此我对黄山就有了一些不正确的理解。现在，接触了实际，才知道这基本上是按立体计算的。在这里走上一华里，同平地上不大一样，费的劲儿要大得多。就是向上走上一尺，也要费上一点力气。没有别的办法，只好喘气流汗了。我低头看着脚下的台阶，右手使劲地拄着竹杖，一步一步地向上爬行。我眼睛里看到的只是台阶，台阶，台阶。有时候，我心里还数着台阶的数目。爬呀，数呀，数呀，爬呀，以为已经很高了。但是抬眼一看，更高、更陡、更多的台阶还在前面哩。想当年登泰山的时候，那里还有一个"快活三里"。这里却连一个快活三步都没有。但是，既来之，则安之，爬就是一切。

我到黄山来，当然并不是专为来走路的。我还是要看一看的。但是，在黄山，想看也并不容易。有经验的人说："走路不看山，看山不走路。"这确实是至理名言。这有点像鱼与熊掌的关系，不可得而兼之。谁要想"兼之"，那就有失足坠下万丈深涧的危险。我只在爬到了一定的阶段时，才停下脚步，小心地抬头向身后和左右看上一看，但见峭壁千仞，高岭入云，幽篁参天，苍松夹道，鸟鸣相和，蝉声四起。而且每看一次，眼前的情景都不一样，扑朔迷离，变幻万端。就连同一个地方，从不同的角度去看，都能看出不同的形象。从慈光阁看朱砂峰，看到天都峰上的金鸡叫天门。但是登上龙蟠坡，再抬头一看，金鸡叫天门就变成了五老上天都。在什么地方才能看到黄山真面目呢？我想，在什么地方也是看不到的。我很想改一改苏东坡的诗："横看成岭侧成峰，远近高低各不同。不识黄山真面目，即使身在此山中。"

我有时候也有新的发现，我简直觉得其中闪现着"天才的火花"，解人难得，我只有自己拍手（这里没有案）叫绝。比如，我看远山上的竹石树木，最初只觉得一片蓊郁。但细看却又有明暗之别。有的浓绿，有的淡绿。经过我再三研究揣摩，我才发现，明的是竹，暗的是松，所谓"苍松翠竹"，大概指的就是这个意思吧。我又想改陆游的两句诗："山重水复疑无路，松暗竹明又一山。"

一想到陆游，我又想到了徐霞客。我们且看看他登上慈光寺以后是怎样看黄山的：

由此而入，绝巘危崖，尽皆怪松悬结；高者不盈丈，低仅数寸，平顶短鬣，盘根虬干，愈短愈老，愈小愈奇。不意奇山中又有此奇品也。

他看到了奇山,又看到了奇松。他看到的山同我们今天看到的几乎完全一样,这毫无可怪之处。但是他看到的松,有多少是我们今天还能看到的呢?"愈短愈老,愈小愈奇",难道在这几百年的时间内,它们就一点也没有长吗?就是起徐霞客于地下,我这样的问题恐怕也无法回答了。

我就是这样一边爬,一边看,一边改着古人的诗,一边想到徐霞客,手、脚、眼、耳、心,无不在紧张地活动着,好不容易才爬到了天都峰脚下。这是一个关键的地方。向右一拐,走不多远,就可以登上台阶,向着天都峰爬上去。天都峰是黄山的主峰。不到天都非好汉,何况那天险鲫鱼背我已经久仰大名,现在站在天都峰下,一抬头就可以看到,上面有蚂蚁似的人影在晃动,真是有说不出的诱惑力啊!但是一看到那一条直上直下的登山盘道,像一根白而粗的线绳一样悬在那里,要爬上去,还真需要有一把子力气呢。我知道,倘若给我半天的时间,登上去也是没问题的。可惜现在早已经过了中午,到我们今天住宿的地方玉屏楼还有一段路要走。我再三斟酌,只好丢掉登天都峰的念头,这好汉看来当不成了。我一步三回头地向左一拐,拾级而上,一直爬到了一线天的门口。这时我们坐了下来,背对一线天口,脸朝前望,可以看到近在咫尺的蓬莱三岛。所谓蓬莱三岛只是三个石笋似的小山峰,上面长着几棵松树,下面是一片深不见底的山谷。据说,白云弥漫时,衬着下面的云海,它们确确实实像蓬莱三岛。但现在却是赤日当空，万里无云，我只能用想象力来弥补天公的不作美了。

一线天真正是名副其实。在两个峭壁中，只有一条缝隙，仅容人体，抬眼一看，只见高处露出一线光明，上面是蓝蓝的天，这一团光明就召唤着我们，奋勇前进。我们也就真的一个个精神抖擞，鼓足了余勇，爬了上去。低头从我们两条腿中间向后看去，还可以看到悬挂在天都峰上的那一条白练似的磴道。

过了一线天，再向右一拐就走上了玉屏楼，这里是从温泉到北海去的必由之路。一般人都是在这里过夜的。徐霞客时代，这里叫玉屏风。他在《游记》里写道："四顾奇峰错列，众壑纵横，真黄山绝胜处。"可见徐霞客对此处评价之高。原来这里有一座庙，叫作文殊院。古人曾说过："不到文殊院，不见黄山面。"这同徐霞客的意见是一致的。

这里有什么特点呢？这里是万山丛中一块比较平坦的地方，好像天造地设，就是一个理想的中途休息的地方。一转过山脚，就能看到峭壁上长着一棵松树。提起此松，真是大大地有名。全中国人民和全世界人民大概都经常能看到它的形象。挂在人民大会堂里的那一幅叫作"迎客松"的照片，就是它。这棵松树的大名就叫作"迎客松"。许多来访的外国领导人，以及名人、学者会见中国领导人时，就在那个照片下面照相。你看它伸出双臂，其实是不知道多少臂，仿佛想同来游的人握手、拥抱，它那青翠的枝头仿佛能说出欢迎的语言，它仿佛就是黄山好客的象征，不，它实际上成了中国人民好客的象征。你若问它的高寿，那就很难说。它干并不粗，也不特别高，看样子它至多也不过几十年至百年，然而据人说，它挺立在这里已经有一千多年的历史了。这里山高风劲，夏有酷暑，冬有寒冰，然而它却至今巍然屹立，俊秀挺拔，苍翠欲滴，枝头笼烟，仿佛正当妙龄青春。我在这里祝它长寿！

至于玉屏楼本身，可看的东西并不多。只是因为此地处万山之中，抬眼四顾，前有大谷深壑，下临无地，上面有参天云峰，耸然并立。同前一段的地无三尺平的情况比较起来，当然显得空阔寥廓，快人心目。当白云弥漫时，云海苍茫，必然另有一番景色。可惜我们没有这个福气，只看到了一片干涸了的大海。在玉屏楼的右边，就是那一棵在名声上稍逊一筹的送客松。它也像迎客松一样，伸出了它那许多胳臂，好像向游客告别，祝他们身强体健，过一些时候再来黄山。我也祝它长寿！

我们就是在住宿一夜之后，怀着还要再回来的心情走过这一棵松树向黄山深处前进的。一走过送客松，山路就好像一反昨天上山时的规律，陡然下降，下降，下降，再下降，一直降到涧底。这一段路走起来非常舒服，似乎还要超过泰山的"快活三里"。我们虽低头走路，仍可以抬头望山。走过望客松、蒲团松，右边可以看到指路石，回头则见牛鼻峰上的犀牛望月。下到深涧涧底以后，一泓清泉，就在道旁，清澈见底，冷洌可饮。拿做文章来比，我们走这一段山路，好像是在做"承"的那一段，"起"得突兀，"承"得和缓，我们过了一段舒服的时光。

但是，再拿做文章来比，"承"过以后，就来了"转"，这一"转"，可真不得了。到了涧底，抬眼一看，前面是八百级的莲花沟。这八百级仿佛是直上直下，令人看了真有点发怵。实际上，往上攀登的时候，比在下面仰望时更令人感到可怕。我们面前好像只有这一条窄窄的石阶，只能向上，不能回转，"马行在夹道内，难以回马"，不管流多少汗，喘多少气，到此也只有奋勇攀登，再没有回旋的余地了。

皇天不负有心人。爬上了八百石阶，一转就到了莲花峰脚下。这一座莲花峰也是黄山主峰之一。从它的脚下上山好像比从天都峰脚下攀登天都峰要容易得多，只需往右一转，爬上几个台阶就可以达到峰顶。然而，正惟其容易，也就失掉了吸引力。同时，我们今天的目标是到北海。我于是只在莲花峰下少坐片刻，抬头看到不远的峰顶上游人多如过江之鲫，然后左转走上前去。要说到黄山的险境，仿佛现在才算是开始。身右峭壁凌空，左边却是悬崖无地。山路是整修过的，在最危险的地方加了石头栏杆或铁链。但栏外就是危险境地，好像泰山上的阴阳界一样。走在这样的地方，连昨天奉行的"看山不走路，走路不看山"的箴言都无法奉行，无已，只有一心一意埋头苦走而已。这里就是鼎鼎大名的万丈云梯，真可以说是名不虚传。但是，大自然最憎恨的是单调，它决不会让百步云梯成为千步云梯、万步云梯。过了百步云梯，又是一段比较平直的山路。此时我仿佛已经过了险关，大有闲情逸致，观赏山景。蓦抬头，在远处的山崖上，忽然看到"万绿丛中一点红"。此时正是盛夏，早过了春暖花开的时节。这一点红是哪里来的呢？我无法攀上悬崖去看，无从探索与研究。我只有沉入幻想中，幻想暮春四五月间，黄山漫山遍野开满了杜鹃花的情况。我眼前的黄山一下子变了样，"日出山花红似火"，红色的火焰仿佛燃遍了全山，直凌太空，形成了一幅红透宇宙的奇景。

就这样，一路幻想下去。平路走尽，又上山路，穿过鳌鱼洞，就到了天海。这一段路更平了，仿佛已经离开黄山，到了平地上。一路树木蓊郁，翠竹夹道，两旁蝉声啼不住，轻身已到北海边。

北海真是个好地方。人们已经看过了天都峰和莲花峰，奇景险境，久已身履，大概总会觉得黄山胜境已经探过，到了北海已经成为尾声了。

然而实则不然。

我先讲一个口头传说。距北海不远有一个山峰，叫作始信峰。什么叫始信峰呢？这里熟于掌故的人说，就是"开始相信"，意思就是,到了这里才开始相信黄山之美。不管这个解释是否正确,是否就是原意,我确确实实是相信的。我到了北海以后,才知道,北海绝不是黄山之游的尾声,而是高峰,是顶端。上文曾引过一句古语:"不到文殊院,不见黄山面。"我想改一改:"走不到北海,黄山没有来。"再拿写文章作比,如果过了玉屏楼算是"转",那么,到了北海就算是"合"。一篇精巧的文章写到这里,才算是达到精妙的顶点,黄山乃山中之奇山,北海是众奇并备,万巧同臻。游黄山到此,真可以说是叹观止矣。

然而究竟"合"出一些什么东西来呢?

三言两语是说不完的。以北海为中心,三五华里的半径内,景色万千,名目繁多。大则崇山峻岭,小至一石一树,无不奇绝人寰。从宾馆右转,走不多远,在深山绝谷的边缘上,出现了散花精舍,前面不远是梦笔生花、笔架峰、骆驼石、上升峰和老翁钓鱼,再往前走就是始信峰。登上始信峰顶,下临无地,隔着深涧远处可见仙女峰、石笋矼,石笋壁立千仞,真仿佛天上有一个顶天立地的金刚巨无霸从上面把石笋栽在那里,成为宇宙奇观。我们只是从远处看石笋矼,徐霞客是亲身到过。他在《游记》里写道:"趋石笋矼,至向年所登尖峰上,倚松而坐,瞰坞中峰石回攒,藻缋满眼,如觉匡庐、石门,或具一体,或缺一面,不若此之闳博富丽也。"

"闳博富丽"当然还不仅限于石笋矼。北海附近这一些名胜,无不"闳博富丽"、"藻缋满眼"。比如清凉台、曙光亭,都各有奇妙之处。出宾馆左折西行,可以到西海。沿路青松参天,翠竹匝地。有很多有名的奇景。走到尽头,同别的地方一样,眼前又是峭壁千仞,深涧万寻。从这里的排云亭上,可以看到丹霞峰、松林峰、石床峰,各刺青天,令人神往。据说这地方是看落照的好地方,可惜我们来的时候,不是黄昏,我们只有怅望西天,幻想一番日落西山、红霞满天的情景而已。

是不是北海就只"合"出了这样一些东西来呢?

也不是的。黄山有所谓四大奇景:奇松、怪石、云海、温泉。温泉一进山就可以看到,上面已经说过,这里不再提了。其他三奇,除了云海以外,一进山也都陆续可以看到。从慈光阁开始,只要你注意,奇松、怪石,到处可见。简直是让你一步一吃惊,一步一感叹。到了北海算是达到了顶峰,所谓集大成者就是。

那么,人们也许要问,奇松奇在什么地方呢?这个问题问得好,我初次听说奇松时,心里也泛起过这个问题。我游遍了黄山,到了北海,要想答复这个问题,也还感到非常困难,简直可以说是回答不出。我常常想,世间一切松树无不是奇的。奇就奇在它同其他一切树都不一样。其他树木的枝子一般都是往上长的,但是松树的枝干却偏平行着长或者甚至往下长。其他树木从远处看上去都能给人一个轮廓,虽然茂密,但却杂乱,然而松树给人的轮廓却是挺拔、秀丽，如飞龙，如翔凤，秩序井然，线条分明。松柏是常常并称的。如果它们站在一起，人们从远处看，立刻就能够分清哪是松，哪是柏。总之一句话，我们脑中一切关于树的规律，松树无不违反。此之所谓奇也。

但是，黄山上的松树比其他地方更奇，是奇中之奇。你只要看一看黄山上有名字的名松，你就可以知道：蒲团松、连理松、扇子松、黑虎松、团结松、迎客松、送客松、飞虎松、双龙松、龙爪松、接引松，此外还不知道有多少松。连那些不知名的大松、小松、古松、新松、长在悬崖上的松、长在峭壁上的松、长在任何人都不能想象的地方的松，千姿百态，石破天惊，更是违反了一切树木生长的规律。别的地方的松树长上一千多年，恐怕早已老态龙钟了，在这里却偏偏俊秀如少女，枝干也并不很粗。在别的地方，松树只能生长在土中，在这里却偏偏生长在光溜溜的石头上。在别的地方，松树的根总是要埋在土里的，在这里却偏偏就把大根、小根、粗根、细根，一股脑儿地、毫不隐瞒地、赤裸裸地摆在石头上，让你看了以后，心里不禁替它担起忧来。黄山松奇就奇在这里。看松而看到黄山松，真可以说是达到顶峰了。

谈到怪石，也真是够怪的。那么这些石头怪又怪在何处呢？在别的名山胜地中，也有一些有名有姓的山峰，也有一些有名有姓的石头。但是在黄山，这种山峰和石头却多得出奇：虎头岩、郑公钓鱼台、莺谷石、碰头石、鲫鱼背、羊子过江、仙人飘海、仙桃石、蓬莱三岛、鹦哥石、飞鱼石、采莲船、孔雀戏莲花、象石、金龟望月、仙鼠跳天都、仙人下轿、仙人把洞门、姜太公钓鱼、犀牛望月、指路石、金龟探海、老僧入定、老僧观海、仙人绣花、鳖鱼吃螺蛳、容成朝轩辕、鳖背驮金鱼、仙人下棋、仙人背包、飞来钟、老翁钓鱼、梦笔生花、猪八戒吃西瓜、书箱峰、达摩面壁、仙人晒靴、老虎驮羊、天鹅孵蛋、关公挡曹、仙人铺路、太白醉酒、五老荡船、天狗望月、双猫捕鼠、苏武牧羊、老僧采药、仙人指路、喜鹊登梅、猴子捧桃、等等，等等。名目确实够繁多的了。名目之所以这样繁多，决定因素就是因为这里石头长得怪。如果不怪的话，就绝不会有这样多的名目。你以为这些五花八门的名目已经把黄山的怪石都数尽了吗？不，还差得很远。如果你有时间，静坐在黄山的某一个地方，面对眼前的奇峰怪石，让自己的幻想展翅翱翔，你还可以想出一大批新鲜动人的名目。比如我们几个人在西海排云亭附近面对深涧对面的山，我看出了一座"国际饭店"。这个名字一提出，你就越看越像，像得不能再像了，我们都为这个天才的发现而狂欢。假我以时日，我们可以巧立名目，为黄山创立大批新鲜别致、不但形似而且神似的名目，再为黄山增添光彩。

　　在怪石中最怪的，当然要数飞来石。顾名思义，人们认为这块大石头是从天外飞来的。我们从玉屏楼到北海的路上，快到北海的时候，已经从远处看到了它。它是在一座小山峰的顶上，孑然耸立在那里。上粗下细，同山峰接触的地方只是一个点，在山风中好像摇摇欲坠，让人不禁替它捏一把汗。后来我们从北海到西海，在回去的路上，爬了上去，一直爬到峰顶上，同黄山别的山头一样，小小的一个峰顶，下临万丈深涧。看到飞来石，我们都大吃一惊：原来同峰顶连接的地方有一条缝。这样一块巨石，上粗下细，又不固定在峰顶上，怎能巍然屹立在那里，而且还不知已经屹立了多少年呢。在这漫长的时间内，谁知道它已经经历了多少狂风暴雨、山崩地震呢？而它到今天仍然是岿然不动，简直违反了物理定律。我们没有别的话可说，只能说它是奇中之奇了。

至于黄山的云海，更是我闻所未闻，见所未见。一座大山竟然有北海、西海、天海、前海、后海，这样许多海，初听时难道不真是让人不解吗？原来这些海都是云海。我从小读王维的诗："行到水穷处，坐看云起时。"觉得这个境界真是奇妙，心向往之久矣。可是活了六十多岁，也从来没能看到云起究竟是什么样子。一天，我们正在北海的一个山头上，猛回头，看到隔山的深涧忽然冒起白色的浓烟。我直觉地认为这是炊烟。但是继而一想，炊烟哪能有这样的势头呢？我才恍然：这就是云起。升起来的云彩，初时还成丝成缕，慢慢地转成一片一团，颜色由淡白转浓，最初群山的影子还隐约可见，转瞬就成了一片云海，所有的山影都被遮住，云气翻滚，宛若海涛。然而又一转瞬，被隐藏起来的山峰的影子又逐渐清晰，终于又由浓转淡，直到山峰露出了真面目，云气全消，依然青山滴翠，红日皓皓。所有这一切都发生在几分钟之内。这算不算是云海呢？旁边的人说："还不能算是真正的云海。那要大雨之后。"我只好相信他的话。但是，"慰情聊胜无"，不是比没有看到这种近似云海的景象要好得多吗？

  除了上面谈的四大奇景之外，我还有一点意外的收获，那就是我在黄山看了日出。日出并没有列入黄山四奇之内，但仍然可以说是一奇。北海的曙光亭，顾名思义，就是看日出的最好的地方。几十年前，当我还年轻的时候，我曾登泰山看日出，在薄暗中，鹄候在玉皇顶上，结果除了看到一团红红的云彩之外，什么也没有看到。我只有暗自背诵姚鼐的《登泰山记》，聊以自慰：

  及既上，苍山负雪，明烛天南，望晚日照城郭，汶水、徂徕如画，而半山居雾若带然。戊申晦，五鼓，与子颖坐日观亭，待日出。大风扬积雪击面。亭东自足下皆云漫。稍见云中白若樗蒱数十立者，山也。极天云一线异色，须臾成五采，日上，正赤如丹，下有红光，动摇承之。或曰：此东海也。

  这一次来到黄山北海，早晨天还没有亮，就有人跑着、吵着去看日出。我一骨碌爬起来,在凌晨的薄暗中摸索着爬上曙光亭,那里已经是黑压压的一团人。我挤在后面,同大家一样向着东方翘首仰望。天是晴的。但在东方的日出处,却有一线烟云。最初只显得比别处稍亮一点而已。须臾,彩云渐红,朝日露出了月牙似的一点;一转眼间,它就涌了出来,顶端是深紫色,中间一段深红,下端一大段深黄。然而立刻就霞光万道,白云为霞光所照,成了金色,宛如万朵金莲飘悬空中。

就这样,黄山的三奇,奇松、怪石、云海,还加上一个奇:日出。我在黄山,特别是在北海,都领略过了。再拿做文章来打个比方,起、承、转、合,这几大股都已做完,文章应该结束了。

然而不然,从我的感情和印象说起来,合还没有合完,文章也就不能结束。从我的激情来看,这仿佛刚才达到高潮,文章更不能就此结束了。我们原来并不想在北海住这样久。但是越住越想住,越住越不想走。三天之内,我们天天出去,天天有新的发现,大有流连忘返之意。我们最后怀着惜别的心情,离开北海的时候,我的内心如潮涌,如云起,一步三回头。我们绕过黑虎松走上后山的道路,向着云谷寺的方向走去。一路之上,流水潺潺,山风习习,蝉声相送,鸟鸣应和,苍松翠竹,映带左右。我们又像走到山阴道上,应接不暇了。但是我们走到幽篁中,闻鸟声却不见鸟,我们笑着开玩笑说,这是留客鸟,它们也惋惜我们即将离去,大有依依不舍之意呢。

此时周围清幽阒静,好像宇宙间只有我们几个人似的。但是我的内心里却又像来黄山的路上那样如波涛汹涌,遐想联翩,我想到过去游览过国内外的名山大川。我一时想到泰山,一时又想到石林。这都是天下奇秀,有口皆碑。但是我觉得,同黄山比起来,泰山有其雄伟,而无其秀丽;石林有其幽峭,而无其雄健。黄山是大则气势磅礴,神笼宇宙,小则剔透玲珑,耐人寻味。如果拿美学名词来比附的话,我们就可以说,黄山既有阳刚之美,又有阴柔之美。可谓刚柔兼,二难并,求诸天下名山,可谓超超玄著了。

我一下子又想到中国的山水画。远山一般都只用淡墨渲染,近山则用各种的皴法。对远山的那种处理,只要在有山的地方,看到过远山的人,都会同意的,都会知道,那实际上是把自然景物,再加上点画家个人的幻想与创造,搬到了纸上来的。这不同于自然主义。这是形似而又神似。但是对近山的那些不同的皴法,则生长在北方高山不多地方的人,有时就不大容易理解,认为这不过是画家的传统手法,没有多大意思的。特别是对大涤子这样的画家,更不容易理解。今天我到了黄山,据说大涤子在这里住过,积年疑团,顿时冰释。我站在任何一个悬崖峭壁的下面,抬头仰望,注意凝视,观之既久,俨然是一幅大涤子的山水画出现在自己的眼前,我也俨然成了画中人了。但见这一幅画,笔墨恣纵,元气淋漓,皴法新颖,巨细无遗。倘若我们请天上匠作大神，来到人间，盖上一座万丈高的大厦，把这一幅大画挂在里面，不知会产生什么效果，恐怕观赏的人都会目瞪口呆、惊愕万状吧！此时，只在此时，我才真正理解中国古代山水画家，其中也包括像大涤子这样有天才、有独创性，能独辟蹊径，开一代风气的画家，都是在仔细观察自然山色，简练揣摩，融会贯通之后，然后才下笔的。他们绝不是专门抄袭古人，拾古人牙慧的。

我一下子又想到，天下名山多矣，中外皆然。但是像黄山这样的名山，却真如凤毛麟角。为什么中国竟会有黄山这样的山呢？这个问题似乎非常幼稚，实际上却是发自我内心深处的一个问题。我并不觉得它有什么幼稚、可笑。古人会说，这是灵气所钟。什么又是灵气呢？灵气这东西摸不着，看不到，实在是玄妙得很。但是依我看，它又确实是存在着的。我们一到黄山，第一天晚上，坐在宾馆外深涧岸边，细听涧中水声，无意中捉到了一个萤火虫，发现它比别的地方的都大而肥壮。后来我们又发现这里的知了也比别的地方的大而肥壮，就连苍蝇也和别的地方不同，大得、壮得惊人，而在海拔近两千米的天都峰顶，天风猎猎，人站在那里都摇摇欲坠，然而却能见到苍蝇，而且都有点气魄，飞驶迅速，呼啸而过。这实在使我吃惊不小。不用灵气所钟，又怎样解释呢？世界各国都有它们灵气所钟的地方，对于这些地方，只要我能走到、看到，我都喜爱、欣赏，一视同仁，决不会有任何偏心。但是，有黄山这样灵气所钟的地方，我作为一个中国人感到无比的骄傲与幸福。我因此更热爱我们这一块土地，我更热爱我们这一个国家。我们也并不想把黄山秘而不宣，独自享受。"但愿人长久，千里共婵娟。"我也但愿世界永存，黄山永在，永远以它那无比美妙的山色，为我们提供无比美妙的怡悦。

我一下子又想到，古人说，人生要读万卷书，行万里路。又说太史公司马迁周览名山大川，故其文疏宕有奇气。还有人说，唐代大书法家张旭观公孙大娘舞剑器，因而书法大进。我现在游览了黄山，将来会产生什么样的影响呢？我一非文豪，二非书法家，这影响究竟要产生在什么地方呢？不管怎样，影响终归会有的，我且拭目以待。

我就是这样一边走，一边想，一边还欣赏四周奇丽景色，不知不觉地就回到了温泉。等到我从北海返回温泉的时候，我仿佛成了一个爱丽丝，我漫游了一个奇而又奇的奇境。过去一周的游踪，历历呈现在我心中。我的黄山梦于今实现了。但我并不满足于实现了梦境，而是梦得更加厉害起来。我仿佛还并没有到过真正的黄山，不，黄山对我来说，比原来还要陌生，还要奇妙，我直觉地感到，真正的黄山我还没有看到。我从北海归来，只看了黄山的皮毛。黄山的名胜真如五光十色，扑朔迷离，在那"万壑树参天，千山响杜

鹃"中似乎还隐藏着什么秘密,有待于我,有待于其他人去发现,去欣赏,去惊叹。古时候有一首关于黄山的诗:

> 踏遍峨眉与九嶷,
> 无兹殊胜幻迷离。
> 任他五岳归来客,
> 一见天都也叫奇。

我还没有历游五岳,也还没有到过峨眉与九嶷。我对黄山、对天都叫奇,完全是很自然的。我相信,即使我有朝一日真的遍游五岳,登峨眉,探九嶷,我再到黄山来,仍然会叫奇不绝的。

我来的时候,心里带来了一幅假的黄山图,它一遇到真黄山就破碎消失了。我现在离开的时候,带走了一幅真正的黄山图,虽然我还不能相信,这一幅图就是黄山的真相,但是这幅黄山图将永远留在我的心中。经过了一段时间酝酿思忖,我现在写出了我心目中的黄山。但写的过程中,我时时怀疑我这一支拙笔会玷污了黄山。古人诗说:"意态由来画不成,当时枉杀毛延寿。"我现在真觉得,"黄山意态写不出,枉费不眠数夜间"。《世说新语》任诞第二十三说:

> 桓子野每闻清歌,辄唤:"奈何!"谢公闻之曰:"子野可谓一往有深情。"

这里指的是，桓子野每闻清歌，辄情动乎中。我现在面对着黄山，心中有一美妙的黄山，笔下的黄山却并不那么美妙，我也只能学一学桓子野，徒唤奈何。

1979年12月9日写毕

火焰山下

从前读《西游记》，读到火焰山，颇震惊于那火势之剧烈。后来，听人说，火焰山影射的就是吐鲁番。可是吐鲁番我以前从未到过，没有亲身感受，对于火焰山我就只有幻想了。

万没有想到，我今天竟来到火焰山下。

火焰山果然名不虚传。在乌鲁木齐，夜里看电影，要穿上棉大衣。然而，汽车从乌鲁木齐开出，开过达坂城，再往前走一段，一出天山山口，进入百里戈壁，迎面一阵热风就扑向车内，我们仿佛一下子落到蒸笼里面，而且是越走越热。中午到了吐鲁番市，从窗子里看出去，一片骄阳，闪耀在葡萄架上，葡萄肥大的绿叶子好像在喘着气。有人告诉我，吐鲁番的炎热时期已经过去；我们来的前两天，气温是四十多摄氏度；今天已经"凉爽"得多了，只有三十九度。但是，从我自己的亲身感受中，同乌鲁木齐比较起来，吐鲁番仍然是名副其实的火焰山。

这让我立刻想到了非洲的马里。我曾在最热的时期访问过那个国家，气温是五十多度。我们被囚在有空调设备的屋子里，从双层的玻璃窗子看出去，院子里好像是一片火海。阳光像是在燃烧，不是像在吐鲁番一样燃烧在葡萄架上，而是燃烧在参天的芒果树上。芒果树也好像在喘着气。树下当然是有阴影的；但是连那些阴影看上去也决不给人以清凉的感觉，而仿佛是火焰的阴影。

我眼前的吐鲁番俨然就是第二个马里。

我们就在类似马里那样炎热的一个下午驱车近百里去探望高昌古城遗址。

一走出吐鲁番市，又是百里戈壁，寸草不生，遍布砂粒，极目天际，不见人烟。阳光毫无遮拦地照射在这些砂粒上，每一粒都闪闪发光，仿佛在喷着火焰。远处是一列不太高的山，这就是那有名的火焰山。上面没有一点儿绿的东西，没有一点儿有生命的东西。石头全是赤红色的，从远处望过去，活像是熊熊燃烧着的火焰，这不是人间的火，也不是神话中的天堂里的火和地狱之火。这是火焰已经凝固了的火，纹丝不动，但却猛烈；光焰不高，但却团聚。整个天地，整个宇宙仿佛都在燃烧。我们就处在上达苍穹下抵黄泉的大火之中。

我从前读《西游记》，读到那一段关于火焰山的描绘，我只不过觉得好玩儿而已。书上描绘说，离开火焰山不远，房舍的瓦都是红的，门是红的，板榻也是红的，总之，一切都是红的，连卖切糕的人推的车子也是红的。那里"有八百里火焰,四周围寸草不生。若过得山,就是铜脑盖、铁身躯,也要化成汁哩"。八百里当然是夸大之词;但是在我眼前,整个山全是红的,周围寸草不生,这些全是实情。我现在毫无好玩儿的感觉。我只有一个渴望,一个十分迫切的渴望,渴望得到铁扇公主那一把芭蕉扇,用手一扇,火焰立刻熄灭,清凉转瞬降临。

我现在很不理解,为什么当年竟在这样一个地狱似的酷热的地方建筑了高昌城。唐朝的高僧玄奘到印度去求法,曾经路过高昌。《大慈恩寺三藏法师传》里面,对他在高昌的情况有细致生动的描绘。这里讲到了城门,讲到了王宫,讲到了王宫中的重阁,讲到了王宫旁边的道场。虽然没有讲到市廛的情况;但是有上述的那些地方,则王宫之外,必然是市廛林立,行人熙攘。每当黄昏时分,夜幕渐渐笼罩住大漠,黑暗弥漫于每一个角落,跋涉过千山万水,横绝大戈壁的商队迤逦入城,驼铃叮当,敲碎了黄昏的寂静。每一间黄土盖成的房子里也必然有淡黄的灯光流出,把窄窄的长街照得朦胧虚幻,若有若无……但是今天我们来到这里,早已面目全非,城市的轮廓大体可见,城门和街道历历可指。然而看到的却只有断壁颓垣,而且还不同于一般的断壁颓垣。这里根本没有砖瓦,所有的建筑——皇宫、佛寺、大厅、住宅,统统是黄土堆成。这种黄土坚硬似铁,历千年而不变,再加上这里根本很少下雨,因此这一座黄泥堆成的城才能保存到今天。我们今天看到的是一片淡黄，没有一棵树，没有一根草。"春风不度玉门关"，春天好像已经被锁在关内，这里与春天无分了。

在这里，我无论如何也想象不出，当年玄奘来到这里是什么情景。我想象不出，他是怎样同麴文泰会面，怎样同麴文泰的母亲会面的。他在这里住了一段时间，大概每天也就奔波于一片淡黄之中。麴文泰也像后来唐太宗一样想劝玄奘还俗。玄奘坚持不动，甚至以绝食至死相威胁，终于感动了麴文泰母子，放玄奘西行。这是多么热烈的人类生活的场面。然而今天这一些都到哪里去了呢？我一时忍不住发思古之幽情，前不见古人，后不见来者。但是我却并没有独怆然而泪下。在历史的长河中，人人都是这样，后之视今亦犹今之视昔。我丢开了这种幽情，抬眼四望，这一座黄土古城的断壁颓垣顿时闪出了异样的光辉。

第二天，我们又在同样酷热的天气中去凭吊交河古城。这座古城正处在同高昌相反的方向。从表面上看上去，它同高昌几乎没有什么不同之处：一样是黄土堆成的断壁颓垣，一样是寸草不生，一样是一片淡黄。"西风残照，汉家陵阙"，一样能引起人们的思古之幽情。但是，从环境上来看，却与高昌迥乎不同。"交河"这个名称就告诉我们，它是处在两河之交的地方。从残留的城墙上下望，峭壁千仞，下有清流，绿禾遍野，清泉潺湲。我从前读唐代诗人李顾的诗《古从军行》："白日登山望烽火，黄昏饮马傍交河。行人刁斗风沙暗，公主琵琶幽怨多。野云万里无城郭，雨雪纷纷连大漠。胡雁哀鸣夜夜飞，胡儿眼泪双双落。"我无论如何也想象不出，交河究竟是什么样子。今天亲身来到交河，一目了然，胸无阻滞，我那思古之幽情反而慢慢暗淡下法，而对古人所说的"读万卷书，行万里路"由衷地钦佩起来了。

就这样，我在吐鲁番住了几天，两天看了两座历史上有名的古城。这两座名城同火焰山当然不一样，但是其炎热的程度却只能说是不相上下。我上面讲到的看到火焰山时的那一个渴望得到铁扇公主芭蕉扇的幻想，时时萦绕在我脑际，一刻也不想离去。然而我的理智却让我死心塌地地相信，那只是幻想，世界上哪里会有什么铁扇公主？哪里会有什么神奇的芭蕉扇？吐鲁番这地方注定是火焰山的天下了。

然而，到了黄昏时分，当我们凭吊完古城乘车回宾馆的时候，招待我们的主人提出来要到葡萄沟去转一转。我根本不知道，葡萄沟是什么样子。"去就去吧！"我在心里平静地想，我万万没有想到，在这个地方，在这个时候，能会出现什么奇迹。

可是，汽车转了几转，奇迹就在眼前出现了。两行参天的杨树整整齐齐地排在大路两旁，潺潺的水声透过杨树传了出来。浓密的葡萄架散布在小溪岸边、杨柳树下，这里绿意葱茏，浓荫四布，身上还感到有一些凉意。我一下子怔住了：我现在是在火焰山下吗？是不是真有人借来了铁扇公主的芭蕉扇把火焰扇灭了呢？我自凝神细看：绿杨葡萄，清泉潺湲，丝毫也不容怀疑。我来到葡萄沟了。

车子开上去，最后到了一座花园。园子里长满葡萄，小溪萦绕。山脚下有一个小池子，泉水从石缝中流出，其声清脆。有一群红色游鱼在池中摇摆着尾巴游来游去。我们坐在葡萄架下，品尝着有名的新疆葡萄。此时凉意渐浓，仿佛一下子从酷热的三伏来到凉爽的深秋，火焰山一下子变成了清凉世界。看来，铁扇公主的那一把芭蕉扇在唐代大概是缺少不了的。但是，到了今天，已经换了人间，这扇子就没有作用了。

新疆毕竟是一块宝地，有火焰山，也有葡萄沟，而葡萄沟偏偏就在火焰山下。这就是我们的吐鲁番，这就是我们的新疆。

1979 年 8 月 26 日在库车写成初稿
1980 年 4 月 22 日在北京修改完成

西樵山

广东有两句俗话:"佛山无山,南海无海。"可是我们的佛山之游中竟包括了西樵山这一座真正的山,可见我们已经走出了狭义的佛山的境界,来到有山的地方来了。

我缺少对广东地理的知识,手头又没有地图可查。我依稀感觉到,佛山可能是广东的一个中等市,管辖几个小的市和县。因为,在经常陪同我们参观访问的本地朋友中,有一位南海市[①]图书馆的馆长陈志东女士,按当地的习惯说法,应该称之为"陈馆"。南海市是否是一个属于佛山市的县级市呢?

这些猜想,不管正确与否,都是无关大局的。中国古人说:"名者,实之宾也。"这些猜想都属于名的范畴,不过是"宾"而已。西樵山却是"实"的,西樵山之美更是实而又实的。我在上面已经说到,此时的北方正是初冬天气,虽然还没有达到"千里冰封,万

[①] 南海市:今为南海区。

里雪飘"的程度,但池塘已经结成了薄冰,屋里已经使用了暖气了。可是在广东、在佛山,却依然是阳春天气,杂花满树,群鸟飞鸣。我们的车子驶出了佛山市,真正领略到了广东的田园风光。马路两旁长满了低低的灌木丛,不知道叫什么名字。一路都看到一丛丛紫色的花,万绿丛中一团紫,确实是鲜艳动人,引人注目,我们北方来的几个侉子,在吃惊之余左右打听花的名字,到头来也没有打听出什么结果。

我们的车一路开上山去,这就是西樵山。山不算太高,但山路上弯子也不少。山下的田野村舍一会儿出现在车的右边;但一转瞬间又忽然出现在车的左边,当然都是居高临下的。我事前就听说,石景宜老先生就诞生在山下某一个村庄里。此时,我遥望山下,但见烟雾缭绕,树影迷离,却说不出究竟在什么地方诞生了这样一位热爱祖国、热爱祖国文化教育的奇人。我继而又想到,在这样山清水秀的地方,诞生这样嵚崎磊落的人,又是事理之必然者。想来想去,我别是一般滋味在心头。

汽车终于开上了山巅。所谓山巅,其实并没有什么云峰插天,鸟道蔽日,只是一片大平地。上面修建了旅馆、花园和其他一些设施,有点像庐山的牯岭。山顶上立着一座南海观世音菩萨站立的雕像,高达三十多米,不知道是用什么材料雕成的。谁要是想攀登上去瞻仰一下的话,要登几百级台阶。游人虽多,真正登上去的人却极少，可见攀登艰苦的程度。我们同来的人中，我是一个衰朽老翁，当然连想攀登都不敢想，其余的年轻人也都安于在下面徘徊，向上仰望。我见有人站在离台阶还很远的地方低头合掌，虔心默祷，表示对这一位救苦救难的大菩萨的敬意。但是，我幻想，如果我真正登上去的话，我会看到别有一番境界，至少也会像杜甫登泰山那样："会当凌绝顶，一览众山小。"

我没有打听，是什么人，由于什么原因，花费这样多的财力和物力、人力，选择了这个地方，修建这样一座上凌青天的观音雕像。我却无端联想到我在欧洲进几个著名的天主教大教堂的感受。我走进了哥特式的大教堂，里面设备并不豪华，毋宁说是相当简陋；但是，如果抬头向上看，就会看到在大堂极高极高的尖顶上有一缕阳光透过五彩玻璃窗流了进来。阳光到处都有，但在不同的地方会产生不同的效果。在这大教堂内部光顶上，衬托着堂内灰暗的背景，这阳光显得特别耀眼，光彩熠熠，带给人们特殊的含义和感觉，不管你信不信上面有个天堂，你总会感觉到，这神秘的光明象征着什么；如果是信徒的话，当然就会在下意识或潜意识中感觉到，上面有一个光明的天堂。

现在，在西樵山上，这一座加上底座和山包恐怕要高达百米的、"离天三尺三"高的观世音菩萨的塑像，起到同西方哥特式大教堂同样的作用。不管你是否是信徒，看到这一位慈眉善目，好像用悲天悯人的目光下视大千世界的芸芸众生，随时准备着拯救他们于苦难的大海中，心里总会有一种异样的、温暖的感觉吧。至于我自己，我研究了一辈子佛教，但从来不是佛教信徒。我尊重世界上一切正大光明的宗教的信徒，也尊重他们的宗教。因为，我认为，人与人是不相同的。有的人有宗教需要，有的人就没有，绝不能是此而非彼，厚此而薄彼，宗教信仰是个人的问题，只要能帮助我们安定团结，就是好事情，我们就没有理由不拥护。

在这西樵山顶上，树木蓊郁，空气新鲜，山风习习，净无纤尘。我们狠狠地享受了一下大自然给予我们的快乐。陶渊明的诗，"久在樊笼里，复得返自然"，好像是为我们写的。可惜世间的快乐都是短暂的，这一次也不能例外。到了我们该下山的时候了。我们的汽车沿着原路盘旋而下。走到了一个地方，看到在碧绿的山麓下，立着一座黄色的神像，背景的绿色与神像的黄色相映鲜明，十分有趣。玲玲说：那是黄大仙。我没有来得及细问黄大仙又是怎么一回事，脑袋里还是装满了南海观世音菩萨的影子，不久就回到了佛山。

在敦煌

刚看过新疆各地的许多千佛洞,在驱车前往敦煌莫高窟千佛洞的路上,我心里就不禁比较起来:在那里,一走出一个村镇或城市,就是戈壁千里,寸草不生;在这里,一离开柳园,也是平野百里,禾稼不长,然而却点缀着一些骆驼刺之类的沙漠植物,在一片黄沙中绿油油地充满了生意,看上去让人不感到那么荒凉、寂寞。

我们就是走过了数百里这样的平野,最终看到一片葱郁的绿树,隐约出现在天际,后面是一列不太高的山冈,像是一幅中国水墨山水画。我暗自猜想:敦煌大概是快到了。

果然是敦煌到了。我对敦煌真可以说是"久仰大名,如雷贯耳"了。我在书里读到过敦煌,我听人谈到过敦煌,我也看过不知多少敦煌的绘画和照片。几十年梦寐以求的东西如今一下子看在眼里,印在心中,"相见翻疑梦",我似乎有点怀疑,这是否是事实了。

敦煌毕竟是真实的。它的样子同我过去看过的照片差不多,这些我都是很熟悉的。此处并没有崇山峻岭、幽篁修竹,有的只不过是几个人合抱不过来的千岁老榆，高高耸入云天的白杨，金碧辉煌的牌楼，开着黄花、红花的花丛。放在别的地方，这一切也许毫无动人之处；然而放在这里，给人的印象却是沙漠中的一个绿洲，戈壁滩上的一颗明珠，一片淡黄中的一点浓绿，一个不折不扣的世外桃源。

至于千佛洞本身，那真是琳琅满目，美不胜收，五光十色，云蒸霞蔚。无论用多么繁缛华丽的语言文字，不管这样的语言文字有多少，也是无法描绘，无法形容的。这里用得上一句老话了："只能意会，不能言传。"洞子共有四百多个，大的大到像一座宫殿，小的小到像一个佛龛。几乎每一个洞子里都画着千佛的像。洞子不论大小，墙壁不论宽窄，无不满满地画上了壁画。艺术家好像决不吝惜自己的精力和颜料，决不吝惜自己的光阴和生命，把墙壁上的每一点空间，每一寸空隙，都填得满满的，多小的地方，他们也决不放过。他们前后共画了一千年，不知流出了多少汗水，不知耗费了多少心血，才给我们留下了这些动人心魄的艺术瑰宝。有的壁画，就暴露在光天化日之下，经过了一千年的风吹、雨打、日晒、沙浸，但彩色却浓郁如新，鲜艳如初。想到我们先人的这些业绩，我们后人感到无比的兴奋、震惊、感激、敬佩，这难道不是很自然吗？

我们走进了洞子，就仿佛走进了久已逝去的古代世界，甚至古代的异域世界；仿佛走进了神话的世界，童话的世界。尽管洞内洞外，一点声音都没有，但是看到那些大大小小的雕塑，特别是看到墙上的壁画：人物是那样繁多，场面是那样富丽，颜色是那样鲜艳，技巧是那样纯熟，我们内心里就不禁感到热闹起来。我们仿佛亲眼看到释迦牟尼从兜率天上骑着六牙白象下降人寰，九龙吐水为他洗浴，一生下就走了七步，口中大声宣称："天上天下，唯我独尊。"我们仿佛看到他读书、习艺。他力大无穷，竟把一只大象抛上天空，坠下时把土地砸了一个大坑。我们仿佛看到他射箭，连穿七个箭靶。我们仿佛看到他结婚，看到他出游，在城门外遇到老人、病人、死人与和尚，看到他夜半乘马逾城逃走，看到他剃发出家。我们仿佛看到他修苦行，不吃东西，修了六年，把眼睛修得深如古井。我们又仿佛看到他幡然改变主意，毅然放弃了苦行，吃了农女献上的粥，又恢复了精力，走向菩提树下，同恶魔波旬搏斗，终于成了佛。成佛后到处游行，归示，度子，年届八旬，在双林涅槃。使我们最感兴趣、给我们印象最深的是那许许多多的涅槃的画。释迦牟尼已经逝世，闭着眼睛，右胁向下躺在那里。他身后站着许多和尚和俗人。前排的人已经得了道，对生死漠然置之，脸上毫无表情地站在那里。后排的人，不管是国王、各族人民，还是和尚、尼姑，因为道行不高，尘欲未去，参不透生死之道，都号啕大哭，有的捶胸，有的打头，有的击掌，有的顿足，有的撕发，有的裂衣，有的甚至昏倒在地。我们真仿佛听到哭声震天，看到泪水流地，内心里不禁感到震动。最有趣的是外道六师,他们看到主要敌手已死,高兴得弹琴、奏乐、手舞、足蹈。在盈尺或盈丈的墙壁上,宛然一幅人生哀乐图。这样的宗教画,实际上是人世社会的真实描绘。把千载前的社会现实,栩栩如生地搬到我们今天的眼前来。

在很多洞子里,我们又仿佛走进了西方的极乐世界,所谓净土。在这个世界里,阿弥陀佛巍然坐在正中。在他的头上、脚下、身躯的周围画着极乐世界里各种生活享受:有伎乐,有舞蹈,有杂技,有饮馔。好像谁都不用担心生活有什么不足,衣来伸手,饭来张口。而且这些饮食和衣服,都用不着人工去制作。到处长着如意神树,树枝子上结满了各种美好的饮食和衣物,要什么,有什么,只需一伸手一张口之劳,所有的愿望就都可以满足了。小孩子们也都兴高采烈,他们快乐地把身躯倒竖起来。到处都是美丽的荷塘和雄伟的殿阁,到处都是快活的游人。这些人同我们这些凡人一样,也过着世俗的生活。他们也结婚。新郎跪在地上,向什么人叩头。新娘却站在那里,羞答答不肯把头抬。许多参加婚礼的客人在大吃大喝。两只鸿雁站在门旁。我早就读过古代结婚时有所谓"奠雁"的礼节,却想不出是什么情景。今天这情景就摆在我眼前,仿佛我也成了婚礼的参加者了。他们也有老死。老人活过四万八千岁以后,自己就走到预先盖好的坟墓里去。家人都跟在他后面,生离死别。虽然也有人磕头涕哭,但是总起来看,脸上的表情却都是平静的、肃穆的,好像认为这是人生规律，无所用其忧戚与哀悼。所有这一切世俗生活的绘画，当然都是用来宣扬一个主题思想：不管在什么样的生活环境中，只要一心念阿弥陀佛，就可以往生净土，享受天福。这当然都是幻想，甚至是欺骗。但是艺术家的态度是认真的，他们的技巧是惊人的。他们仔细地描，小心地画，结果把本是虚无缥缈的东西画得像真实的事物一样，生动活泼地、毫不含糊地展现在我们眼前，让我们对于历史得到感性认识，让我们得到奇特美妙的艺术享受。艺术家可能真正相信这些神话，但是这对我们是无关重要的，重要的是他们的画。这些画画得充满了热情，而且都取材于现实生活。在世界各国的历史上，所有的神仙和神话，不管是多么离奇荒诞，他们的模特儿总脱离不开人和人生，艺术家通过神仙和神话，让过去的人和人生重现在我们眼前。我们探骊得珠，于愿已足，还有什么可以强求的呢？

最使我吃惊的是一件小事：在这富丽堂皇的极乐世界中，在巍峨雄伟的楼台殿阁里，却忽然出现了一只小小的老鼠，鼓着眼睛，尖着尾巴，用警惕狡诈的目光向四下里搜寻窥视，好像见了人要逃窜的样子。我很不理解，为什么艺术家偏偏在这个庄严神圣的净土里画上一只老鼠。难道他们认为，即使在净土中，四害也是难免的吗？难道他们有意给这万人向往的净土开上一个小小的玩笑吗？难道他们有意表示即使是净土也不是百分之百的纯洁吗？我们大家都不理解，经过推敲与讨论，仍然是不理解。但是我们都很感兴趣，认为这位艺术家很有勇气，决不因循抄袭，决不搞本本主义，他敢于石破天惊地去创造。我们对他都表示敬意。

在许多洞子里，我们还看到了许多经变，什么法华经变，楞伽经变，金光明经变，如此等等。艺术家把经中的许多章节，不是根据经文，而是根据变文，用绘画的形式表现出来。在这些经变里，《法华经·普门品》似乎是最受欢迎的一品。《普门品》说，谁要是一心称观世音菩萨的名，入大火，大火不能烧；入大水，大水不能漂；入海求宝遇到黑风，船飘坠罗刹国，可以解脱罗刹之难；遭迫害临刑，刑刀段段坏；女子求生男孩，就可以生福德智慧之男；求生女孩，就可以生端正有相之女。总之，威灵显赫，有求必应。画上最多的是临刑刀寸寸断的情景。这似乎是最能形象地表现观音菩萨的法力的一个题材。但是我们也可以看到许多描绘人民生活和生产的情景。一个农民赶着耕牛去耕地。许多小手工业者坐在那里制作什么东西。人们在家里面安静地宴客。人们在花园中游乐。人们到灞桥去送别亲友，折杨柳为赠。我曾在不知多少唐诗中读到这情景，今天才第一次在绘画上看到。最有意思的、最耐人寻味的是许多绘画，画的是人们大便的情况，刷牙的情景。据我所知道的，在世界各国任何时代的任何绘画中都难找到这样的绘画。这好像也成了绘画的禁区。然而我们的艺术家却有勇气冲破这不成文而事实上却存在的禁区,把这种细微并不那么太雅观的情景画给我们看。除了佩服以外,我还能说些什么呢?此外,描绘舞蹈的场面和杂技的场面,也是非常动人的。一个个乐队,一个个乐工,手中执着各种各样的乐器,什么箫、笛、筝、琴、箜篌、排箫、阮咸、琵琶,还有尺八,神情是这样逼真,人物是这样细致,我们耳中仿佛能听到各种乐器和谐的弹奏声,静静的洞子一时喧阗起来。舞蹈的场面也很动人。男女舞人,翩翩起舞,有人甩着长大的袖子,有人动作非常强烈,所谓"胡旋舞"大概就是这个样子吧。我们看到的虽然不是真正的舞蹈,而只是绘画,但是我们也恍然感到"观者如山色沮丧,天地为之久低昂。霍如羿射九日落,矫如群帝骖龙翔。来如雷霆收震怒,罢如江海凝清光"。至于杂技,更是动人心魄。一个演员站在那里,头上顶着长竿,竿顶上站着一个人,人头顶上还站着一个小孩子。看那摇摇欲坠的样子,我们不禁为画上的古人担忧起来。然而,不要怕,两旁还站着两个人哩。他们好像是为了防备万一而站在那里。虽然都戴着纱帽,斯斯文文的,看来好像也蛮有把握。我们可以放心了。前面坐着一些人,这大概就是观众。画面上人数不算多,但看上去却热闹得很。在古代文化交流中,音乐、舞蹈和杂技,好像是占着突出的地位。在新疆的许多千佛洞中,这样的场面也是随时可见的。

在所有的经变中,《维摩诘经变》是最常见的。这一部经在唐代大概是非常流行、非常受欢迎的。唐代的一个姓王的大诗人，取名维，字摩诘，合起来就是维摩诘，就是一个很好的证明。我们在很多洞子里，都看到关于维摩诘的壁画。尽管大小不同，洞子不同，但是他的形象却基本上是一致的。维摩诘手执麈尾或者扇子，傲然地斜坐在一张床上，眼神嘴角流露出一副能言善辩、轻蔑藐视的神态。这一部经本身就是一部很好的长篇小说，讲的是一个佛教的居士，名叫维摩诘，唐玄奘译为无垢称。他深通佛法，辩才无碍。有一次他病了，如来佛派大弟子舍利弗去问疾。舍利弗吃过他辩才的苦头，有点发怵不敢去。佛又派大目犍连、大迦叶、须菩提、富楼那弥多罗尼子、摩诃迦旃延、阿那律、优波离、罗睺罗、阿难、弥勒菩萨、善德等等去，但是谁也没有胆量去。最后文殊师利膺命前往。维摩诘以神力空其室内，只留下了一张床，他生病坐在上面。于是二人展开了一场辩才战。诸菩萨、大弟子、群释、四天王等都赶来瞧热闹。后来舍利弗和大迦叶也赶了来。最后文殊师利和维摩诘一起来见佛。这一篇小说似的经文以如来把正法付嘱于弥勒佛而结束。小说本身内容很丰富，辩论很激烈，描绘很生动，对话很犀利。壁画更发展了这一部经文，把故事画得热闹非常、生动活泼，具有极大的感染力。维摩诘仿佛就要从床上站立起来，而且要走下墙来，同我们展开一场唇枪舌战……

在许多洞子里，除了神话故事以外，还画着许多世俗画。开洞的窟主往往把自己以及一家人都画在墙上。有时候画上一队男官人，前面的几个都是秃头和尚；一队贵妇前面几个是秃头的尼姑。这是本家族里面出家的人，是他们的光荣，是他们的骄傲，所以才被画在前面。这些男女贵人排成队，好像要向佛爷走去。他们为什么要把自己的像画在这千佛洞里呢？是为了宗教功德吗，还是为了永垂不朽？恐怕二者都有一点吧。最引人注目的是《张义潮出游图》。唐代这个独霸一方的大军阀、大官僚，在河西一带很有势力，很有影响，他一跺脚，整个河西走廊都会震动。他的家族开凿了不少的洞子，在一个洞子里就画着自己出游的情景。他自己巍然骑在马上，前面是部队开路，也都骑着马，有的手里拿着乐器，有的手里举着旗帜。拿乐器的正在猛吹猛奏，好像是要行人回避，也好像是在为军容壮声威。后面跟着的是成群的扈从，都是宽衣博带，雍容华贵。乐器中除了喇叭等之外，还有画角。我从小念唐诗，不知多少次碰到"画角"这个字眼，但是始终没有见过画角是什么样子。今天见面，宛如故友重逢，感到分外亲切。总之，这一幅一千多年前的出游行乐图，彩色鲜艳地、生动活泼地摆在我们眼前。当时的情景跃然壁上。我们今天站在下面看壁画的人，恍惚间成了当时站在路旁的旁观者，看人马杂沓，车如流水，乐声喧腾，尘土飞扬，好像正从墙壁的一端走向另一端，转瞬即逝。

在一个洞子里，我们还看到一幅巨大的《五台山图》。既然是五台山，当然与宣扬文殊菩萨是分不开的。但是我们今天看到的却是一幅用绘画形式表现出来的地图和人民生活图。这幅图上画的是从镇州（正定）一直到并州（太原）旅途的情景。这条绵延数百里的路是同绵延数百里的五台山分不开的。这座大山峰峦起伏，山头林立，宛如雨后的春笋一般。山上的名刹都画出了房舍，标出了名字。山下则是一条商路。商人们熙熙攘攘，车水马龙，牲口背上驮着货物，匆匆忙忙向前趱行。旅途是遥远的，就必然要有住宿的客店。于是在图上许多地方都画着客店。店主人、店小二在热情地招呼客人，客人则是出出进进，热闹非常。我们今天的中国青年，甚至中年老年，习惯于住北京饭店、国际饭店一类的高楼大厦，对古代商人旅人行路困难丝毫没有认识。读到"鸡声茅店月，人迹板桥霜"，还有什么"夕阳西下，断肠人在天涯"，也许还能引起一些遐思，但是决不会引起同情，我们对那种生活已经非常非常有隔膜了。但是这一幅《五台山图》，会把我们带回到当年的生活环境中去，让我们做一个思古的梦。从这个意义上来讲，这一幅壁画无疑是我们的国宝之一。当年有一个帝国主义国家要出十万美元，收买这一幅壁画，没有得逞，否则我们的这件国宝早已到了波士顿博物馆之类的地方去了。岂不惜哉！

在另外一些洞子里，我们还看到一些和尚西行求法的壁画。这也是必然的。开凿这些洞子主要是为了宣扬佛教。"千佛洞"这个名词本身就说明了一切。佛教来自印度，这里画着许多出生在印度的佛爷和菩萨，是很自然的。但是如果没有中国和尚到印度去取经，没有印度和尚到中国来送经，佛教是绝不会自己走了来的。因此，我们总是期望，在某一些洞子里能够看到中国西行求法的和尚。事实上也正是这样，我们看到了，而且看到的还不少。一提到西行求法，谁都会立刻就想到唐代高僧玄奘。在一个洞子里，我们确实看到了唐僧取经的壁画。这是一幅水月观音的巨大的壁画，水月观音巨大的身躯几乎占满了全壁。他身上衣着金碧辉煌，头上冠冕富丽堂皇。令人吃惊的是，他嘴上居然还留着一撮小胡子。他神态倨傲又慈悲，伸脚坐在那里。在壁画的右下角一块小小的地方画着玄奘，双手合十站在一个悬崖上，面向水月观音，好像就正向他致敬。他身后是大徒弟孙悟空，手里牵着那一匹小白龙变成的马。二徒弟猪八戒和三徒弟沙僧跑到哪里去了呢？看样子他们并没有去寻山探路，也不是去托钵求斋，他们还站在壁画外面，正在向着壁画里走哩。

　　同求法高僧有联系的是商人。宗教按理说是出世的，和尚尼姑是不许触摸金银的。而"商人重利轻别离"，他们总是想赚大钱的。他们之间是风马牛不相及的，哪里会有什么联系呢？但是所有在中国境内的千佛洞都是开凿在丝绸之路沿线的，丝绸之路顾名思义是一条商业大道。这就有力地说明了二者间的密切关系。在印度佛教史上，从佛祖释迦牟尼开始，就同商人有亲密的往来，和尚和商人，不但相辅相成，而且相依为命。所以丝绸之路，同时也是宗教之路。中国、印度和其他国家的高僧很大一部分是走丝绸之路来往的。因此，在千佛洞里除了求法高僧外，看到商人的壁画，也是很自然的。在新疆拜城克孜尔千佛洞中，我曾在一壁佛画的中间一小块空隙中看到一个穿伊朗服装的商人，赶着几匹骆驼，上面驮着中国出产的丝，正在走路的样子。一个佛爷站在旁边，好像把自己的右手的两个指头像点蜡烛一样点了起来，发出万丈光芒，照亮了丝绸之路。这幅壁画的用意是再清楚不过的，这里用不着多说。在敦煌的千佛洞里，丝绸之路也有所表现。贩运丝绸的中外商人，赶着骆驼和马，向西方迈进。沙路茫茫，前途万里，而商人毫不气馁。有的地方画着商人在路上走路的情况。路大概是很难走，马走得乏了，再也不想前进，于是一个商人在前面用力牵，另一个商人在后面拼命地用鞭子抽打，人忙马嘶的情景宛在目前，宛在耳边。还有不少地方画着商人遇劫的情况。一些绿林豪客手执明晃晃的钢刀，耀武扬威地挡在那里。商人们则卑躬屈膝，甚至跪在地上求饶，觳觫之状可掬，他们仿佛是在对话，声音就响在我们耳边。可见，虽然有佛光照亮万里长途，但人间毕竟是人间，行路难之叹，唐代诗人早就发出来了，何况是漫漫数万里呢？至于海上商路，虽然不在丝绸之路上，但是我们的艺术家也不放过。我们在几个地方都看到航海的商船。

船并不大,上面画着几个人,好像就已经把船占满了,有点象征主义的味道。但是船外的海涛决不含糊地告诉我们,这是漂洋过海的壮举。为什么在万里之外的甘肃新疆大沙漠里,竟然画到海上贸易呢?这一点,我还不十分清楚。也还要推敲而且研究。

总之,洞子共有四百多个,壁画共有四万多平方米,绘画的时间绵延了一千多年,内容包括了天堂、净土、人间、地狱、华夏、异域、和尚、尼姑、官僚、地主、农民、工人、商人、小贩、学者、术士、妓女、演员、男、女、老、幼,无所不有。在短短的几天之内,我仿佛漫游了天堂、净土,漫游了阴司、地狱,漫游了古代世界,漫游了神话世界,走遍了三千大千世界,攀登神山须弥山,见到了大梵天、因陀罗,同四大天王打过交道,同牛首马面有过会晤,跋涉过迢迢万里的丝绸之路,飘渡烟波浩渺的大海大洋,看过佛爷菩萨的慈悲相,听维摩诘的辩才无碍。我脑海里堆满色彩缤纷的众生相,错综重叠,突兀峥嵘,我一时也清理不出一个头绪来。在短短几天之内,我仿佛生活了几十年。在过去几十年中,对于我来说是非常抽象的东西,现在却变得非常具体了。这包括文学、艺术、风俗、习惯、民族、宗教、语言、历史等等领域。我从前看到过唐代大画家阎立本的帝王图,李思训的金碧山水,宋朝朱襄阳朱点山水,明朝陈老莲的人物画,大涤子的山水画,曾经大大地惊诧于这些作品技巧之完美,意境之深邃,但在敦煌壁画上,这些都似乎是司空见惯，到处可见。而且敦煌壁画还要胜它们一筹：在这里，浪漫主义的气氛是非常浓的。有的画家竟敢画一个乐队，而不画一个人，所有的乐器都系在飘带上，飘带在空中随风飘拂，乐器也就自己奏出声音，汇成一个气象万千的音乐会。这样的画在中国绘画史上，甚至在别的国家的绘画史上能够找得到吗？

不但在洞子里我们好像走进了久已逝去的古代世界，就是在洞子外面，我们倘稍不留意，就恍惚退回到历史中去。我们游览国内的许多名胜古迹时，总会在墙壁上或树干上看到有人写上的或刻上的名字和年月之类的字，什么某某人何年何月到此一游。这种不良习惯我们真正是已经司空见惯，只有摇头苦笑。但要追溯这种行为的历史那恐怕是古已有之了。《西游记》上记载着如来佛显示无比的法力，让孙悟空在自己的手掌中翻筋斗，孙悟空翻了不知多少十万八千里的筋斗，最后翻到天地尽头，看到五根肉红柱子，撑着一股青气。为了取信于如来佛，他拔下一根毫毛，吹口仙气，叫"变"，把它变作一管浓墨双毫笔。在那中间柱子上写一行大字云："齐天大圣，到此一游。"还顺便撒了一泡猴尿。因此，我曾想建议这一些唯恐自己的尊姓大名不被人知、不能流传的善男信女，倘若组织一个学会时，一定要尊孙悟空为一世祖。可是在敦煌，我的想法有些变了。在这里，这样的善男信女当然也不会绝迹。在墙壁上题名刻名到处可见，这些题刻都很清晰，仿佛是昨天才弄的。但一读其文,却是康熙某年,雍正某年,乾隆某年,已经是几百年以前的事了。当我第一次看到的时候,我不禁一愣:难道我又回到康熙年间去了吗?如此看来,那个国籍有点问题的孙悟空不能专"美"于前了。

我们就在这样一个仿佛远离尘世的弥漫着古代和异域气氛的沙漠中的绿洲中生活了六天。天天忙于到洞子里去观看,天天脑海里塞满了五光十色、丰富多彩的印象,塞得是这样满,似乎连透气的空隙都没有。我虽局处于斗室之中,却神驰于万里之外;虽局限于眼前的时刻之内,却恍若回到千年之前。浮想联翩,幻影沓来,是我生平思想最活跃的几天。我曾想到,当年的艺术家们在这样阴暗的洞子里画画,是要付出多么大的精力啊!我从前读过一部什么书,大概是美术史之类的书,说是有一个意大利画家,在一个教堂内圆顶天篷上画画,因为眼睛总要往上翻,画了几年之后,眼球总往上翻,再也落不下来了。我们敦煌的千佛洞比意大利大教堂一定要黑暗得多,也要狭小得多,今天打着手电,看洞子里的壁画,特别是天篷上藻井上的画,线条纤细,着色繁复,看起来还感到困难,当年艺术家画的时候,不知道有多少困难要克服。周围是茫茫的沙碛,夏天酷暑,而冬天严寒,除了身边的一点浓绿之外,放眼百里惨黄无垠。一直到今天,饮用的水还要从几十里路外运来,当年情况更可想而知。在洞子里工作,他们大概只能躺在架在空中的木板上,仰面手执小蜡烛,一笔一笔地细描细画。前不见古人,我无法见到那些艺术家了。我不知道他们的眼睛也是否翻上去再也不能下来。我不知道是一种什么力量在支撑着他们，在那样艰苦的条件下给我们留下了这样优美的杰作，惊人的艺术瑰宝。我们真应该向这些艺术家们致敬啊！

我曾想到，当年中国境内的各个民族在这一带共同劳动，共同生活，有的赶着羊群、牛群、马群，逐水草而居，辗转于千里大漠之中；有的在沙漠中一小块有水的土地上辛勤耕耘，努力劳作。在这里，水就是生命，水就是幸福，水就是希望，水就是一切，有水斯有土，有土斯有禾，有禾斯有人。在这样的环境中，只有互相帮助，才能共同生存。在许多洞子里的壁画上，只要有人群的地方，从人们的面貌和衣着上就可以看到这些人是属于种种不同的民族的。但是他们却站在一起，共同从事什么工作。我认为，连开凿这些洞的窟主，以及画壁画的艺术家都决不会出于一个民族。这些人今天当然都已经不在了。人们的生存是暂时的，民族之间的友爱是长久的。这一个简明朴素的真理，一部中国历史就可以提供证明。我们生活在现代，一旦到了敦煌，就又仿佛回到了古代。民族友爱是人心所向，古今之所同。看了这里的壁画，内心里真不禁涌起一股温暖幸福之感了。

我又曾想到，在这些洞子里的壁画上，我们不但可以看到中国境内各个民族的人民，而且可以看到沿丝绸之路的各国的人民，甚至离开丝绸之路很远的一些国家的人民。比如我在上面讲到如来佛涅槃以后,许多人站在那里悲悼痛苦,这些人有的是深目高鼻,有的是颧骨高而眼睛小,他们的衣着也完全不同。艺术家可能是有意地表现不同的人民的。当年的新疆、甘肃一带,从茫昧的远古起,就是世界各大民族汇合的地方。世界几大文明古国,中国、印度、希腊的文化在这里汇流了。世界几大宗教,佛教、伊斯兰教、基督教在这里汇流了。世界的许多语言,不管是属于印欧语系,还是属于其他语系也在这里汇流了。世界上许多国家的文学、艺术、音乐,也在这里汇流了。至于商品和其他动物植物的汇流更是不在话下。所有这一切都在洞子里留下不可磨灭的痕迹。遥想当年丝绸之路全盛时代,在绵延数万里的路上,一定是行人不断,驼、马不绝。宗教信徒、外交使节、逐利商人、求知学子,各有所求,往来奔波,绝大漠,越流沙,轻万生以涉葱河,重一言而之奈苑,虽不能达到摩肩接踵的程度,但盛况可以想见。到了今天,情势改变了,大大地改变了。出现在我们眼前的是流沙漫漫,黄尘滚滚,当年的名城——瓜州、玉门、高昌、交河,早已沦为废墟,只留下一些断壁颓垣,孤立于西风残照中,给怀古的人增添无数的诗料。但是丝路虽断,他路代兴,佛光虽减,人光有加,还留下像敦煌莫高窟这样的艺术瑰宝,无数的艺术家用难以想象的辛勤劳动给我们后人留下这么多的壁画、雕塑,供我们流连探讨,使世界各国人民惊叹不置。

抚今追昔，我真感到无比的幸福与骄傲，我不禁发思古之幽情，觉今是昨亦是，感光荣于既往，望继承于来者，心潮起伏，感慨万端了。

薄暮时分，带着那些印象，那些幻想，怀着那些感触，一个人走出了招待所去散步。我走在林荫道上，此时薄霭已降，暮色四垂。朱红的大柱子，牌楼顶上碧色的琉璃瓦，都在熠熠地闪着微光。远处沙碛没入一片迷茫中，少时月出于东山之上，清光洒遍了山头、树丛，一片银灰色。我周围是一片寂静。白天里在古榆的下面还零零落落地坐着一些游人，现在却空无一人。只有小溪中潺潺的流水间或把这寂静打破。我的心蓦地静了下来，仿佛宇宙间只有我一个人。我的幻想又在另一个方面活跃起来。我想到洞子里的佛爷，白天在闭着眼睛睡觉，现在大概睁开了眼睛，连涅槃了的如来也站了起来。那许多商人、官人、菩萨、壮汉，白天一动不动地站在墙壁上，任人指指点点，品头论足。现在大概也走下墙壁，在洞子里活动起来了。那许多奏乐的乐工吹奏起乐器，舞蹈者、演杂技者，也都摆开了场地，表演起来。天上的飞天当然更会翩翩起舞，洞子里乐声悠扬，花雨缤纷。可惜我此时无法走进洞子，参加他们的大合唱。只有站在黑暗中望眼欲穿，倾耳聆听而已。

在寂静中，我又忽然想到在敦煌创业的常书鸿同志和他的爱人李承仙同志，以及其他几十位工作人员。他们在这偏僻的沙漠里，忍饥寒，斗流沙，艰苦奋斗，十几年，几十年，为祖国，为人民立下了功勋，为世界上爱好艺术的人们创造了条件。敦煌学在世界上不是已经成为一门热门学科了吗？我曾到书鸿同志家里去过几趟。那低矮的小房，既是办公室、工作室、图书室，又是卧室、厨房兼餐厅。在解放了三十年后的今天，生活条件尚且如此之不理想，谁能想象在新中国成立前那样黑暗的时代，这里艰难辛苦会达到何等程度呢？门前那院子里有一棵梨树。承仙同志告诉我，他们在将近四十年前初到的时候，这棵梨树才一点点粗，而今已经长成了一棵粗壮的大树，枝叶茂密，青翠如碧琉璃，枝上果实累累，硕大无比。看来正是青春妙龄，风华正茂。然而看着它长起来的人却垂垂老矣。四十年的日日夜夜在他们身上不可避免地会留下了痕迹。然而，他们却老当益壮，并不服老，仍然是日夜辛勤劳动。这样的人难道不让我们每个人都油然而起敬佩之情吗？

　　我还看到另外一个人的影子，在合抱的老榆树下，在如茵的绿草丛中，在没入暮色的大道上，在潺潺流水的小河旁。它似乎向我招手，向我微笑，"翩若惊鸿，宛如游龙；荣曜秋菊，华茂春松"。这影子真是可爱极了。我是多么急切地想捉住它啊！然而它一转瞬就不见了。一切都只是幻影。剩下的似乎只有宇宙和我自己。

　　剩下我自己怎么办呢？我真是进退两难，左右拮据。在敦煌，在千佛洞，我就是看一千遍一万遍也不会餍足的。有那样桃源仙境似的风光，有那样奇妙的壁画，有那样可敬的人，又有这样可爱的影子。从我内心深处，我真想长期留在这里，永远留在这里。真好像在茫茫的人世间奔波了六十多年才最后找到了一个归宿。然而这样做能行得通吗？事实上却是办不到的。我必须离开这里。在人生中，我的旅途远远不到结束的时候，我还不能停留在一个地方。在我前面，可能还有深林、大泽、崇山、幽谷，有阳关大道，有独木小桥。我必须走上前去，穿越这一切。现在就让我把自己的身躯带走，把心留在敦煌吧。

1979 年 10 月 9 日初稿
1980 年 3 月 3 日定稿